明治・妖《あやかし》モダン

畠中　恵

JN242913

朝日文庫

本書は二〇一三年九月、小社より刊行されたものです。

目次

明治・妖《あやかし》モダン

第一話　煉瓦街の雨

1

明治の世、モダンな街と言えば、まずは名が出る銀座の煉瓦《れんが》街に、大雨が降っていた。

降り始めは、雨粒こそ大したものではなかったものの、煉瓦の建物を砕くかと思われるほど、雷が鳴り響いた。それが、わずかに弱まったと思ったら、今度は天水桶《てんすいおけ》をひっくり返したような雨が、地面を打ちつけてきたのだ。

傘も役には立たぬ雨脚であったが、煉瓦街にはアーケードがある。洋装のご婦人も紳士も使いの小僧も、蜘蛛《くも》の子を散らすように駆け去り、十五間《じゅうごけん》の大通りから人が消えた。人力車も走るのを止《や》め、慌てて客を、ずぶ濡《ぬ》れになるのから救う。人々は皆、一番手近な屋根の下へ逃げ込んだのだ。

「ひやぁ、こいつはたまらねえっ」

縞《しま》の袴《はかま》に羽織を着て、山高帽《やまたかぼう》を被《かぶ》った男も、目の前に見えていた、覚えのある一軒に駆け込む。そこは銀座の煉瓦街では本当に珍しい、木造で引き戸の、それは小さな小屋であった。

　すると小屋内にいた男達が、突然の来訪者を見て、一寸《ちょっと》目を見開く。それから入口近くにいた方が、面白がっているかのように、口元に笑いを浮かべた。

「おやおや、誰が来たかと思ったら、伊勢《いせ》じゃないか。驚いたな。お前さんが自分から、ここへやってくるとはね」

「原田《はらだ》の旦那、お邪魔します。いや本当に、とんでもねえ雨ですよ」

　ステッキを置き、濡れた帽子を拭《ふ》く姿を見て、窓へ目をやった巡査が、ちょいと頷《うなず》く。

「確かに酷《ひど》い降りだ。こりゃあ暫《しば》くは、誰も外を歩いちゃおれないな」

　すると小屋の奥で、まだ十代に見える男と話していた若い同僚が、伊勢にやんわりと声をかけてきた。

「伊勢、せっかく来たんだし、まあ、ゆっくりしていきなさいよ。ここは銀座でも、ちょいと名の知れた悪党、〝騙《だま》しの伊勢〟の、馴染《なじ》みの場所なんだから」

　伊勢はとにかく、口のうまい男であった。舌先三寸で、そう親しくもない相手から金を引き出し、逃げてしまうのだ。

「滝《たき》の旦那、冗談は止《よ》しておくんなまし」

　滝はゆったり話していると、どこぞの殿様の、御落胤《ごらくいん》かと思うような風貌をしている。だが当人によると、東京出身、古いだけが自慢の、至ってよくある家の出なのだそうだ。

ここで滝の横にいた若者が、目を見開いて伊勢を見てきた。

「へえ、このお人、〝騙しの伊勢〟という御仁《ごじん》なんですか？ 自首しにきたんですか？」

伊勢は首筋から真っ赤になり、滝巡査は爆笑した。

「伊勢、こいつは長太《ちょうた》って名で、十六だそうだ。今そこでとっ捕まえた、かっぱらいさ」

がきの言う事だから、怒るなと言ったのだが、伊勢は治まらない。

「かっぱらいごときが、勝手に人を縄付き呼ばわりするんじゃねえ！ 俺が何時《いつ》、間抜けをしたって言うんだっ」

伊勢が長太に拳固を食らわすと、以前捕まって、ここに来た事もあったじゃないかと、原田巡査が苦笑を浮かべている。だがその苦笑いは、直《す》ぐに天井の方を向いた。

「それにしても、こりゃまた凄《すご》い降りだな。このぼろ小屋の天井を、雨が突き抜けそうだ」

「原田さん、それ、冗談にならないところが、悲しいですね」

滝が、なんでこんな所に、こんな情けのない作りの小屋を建てたのかなと、のんびり口にした。

銀座四丁目にあるこの小屋は、正真正銘、巡査派出所であった。勿論《もちろん》、街の治安を預かる派出所は、この新しい街にも必要なものなのだ。

だが円柱の立ち並ぶ、西洋の街並みもかくやという銀座の煉瓦街、名高い場所にあるというのに、この巡査派出所は、思いきり日本風の建物であった。というか、周りが立派で大きい分、どう見ても、ただの掘っ立て小屋にしか見えない。

しかもこの巡査派出所は、横道沿いや、煉瓦建築の裏手にあるのではなく、大層目立つ場所に鎮座《ちんざ》していた。要するに、朝野《ちょうや》新聞社と、綿、フランネル販売店に挟まれた、銀座四丁目の交差点角地にあるのだ。鉄道馬車の線路を挟んだ向かいは、毎日新聞社と中央新聞社が建っている。ここは銀座の一等地であった。

「ひゃっ」

その時、窓が強く光って、また伊勢が情けのない声を上げた。するとその声が連れてきたかのように、雷鳴が辺り一帯を打ち付ける。足下を震わせる地響きが、小屋を包んだ。

「おや雷神が、今日は随分とお怒りだね。そういやぁ、雷神が可愛《かわい》がってた猫又《ねこまた》が、明治の世になって行方知れずだとか。見つからないんで、怒っておいでかの」

こりゃ誰ぞの頭に、雷が落ちるかもと、滝が笑って言い出したものだから、伊勢は首をすっこめた。

「ああ、滝の旦那ぁ、からかっちゃいけねえ。原田の旦那、椅子をお借りします。暫くここに居させておくんなさい」

「ははあ、伊勢。お前さん、実は雷が怖かったのか。それで後先考えずに、見覚えのある巡査派出所に、駆け込んで来たんだな」

雷神を恐れる心があるのなら、いっそ今日限りですっぱり悪事と縁を切れと、ここで原田が言い出す。ざーざーと小屋を打ち付ける雨音が聞こえるせいか、その声は少しばかりいつもと違ってくぐもり、低く響いた。

伊勢はおちゃらけた返答をしようとして、何故だか声が出ず、言葉を呑《の》み込んだ。そこへ原田が、更に声を重ねる。

「世の中は明治と名を変えたが、江戸とは地続き、時続きさ。この世には神様も妖《あやかし》も、大勢いるからな。伊勢、馬鹿な悪事を続けてると、それこそ雷神が気の向いた時に、頭の上へ雷を落としてくるぞ」

「か、堪忍して下さいよぅ」

雷神とのつきあいは、本気でご免らしく、伊勢が力のない声を出し身を縮める。するとここで、己は神仏、妖など気にならぬという若い声が、小屋奥から原田に向けられた。

「巡査さん、今は夜の暗がりだって、アーク灯が退《しりぞ》けちまうご時世なんですよ。今更雷様や、狐狸《こり》妖怪の話をされたってねえ」

己は明治生まれ故、そういう話はぴんとこないと、十六の長太は、生意気な表情と共に言い切った。そういうものは、電気のなかった江戸の頃、人々が暗がりを恐れた故に生まれた話、単なる物語なのだ。

「俺も小さい頃、親から少しは妙なもんの話を聞きましたさ。でもありゃあ、子供らを躾《しつ》ける為の方便だよ。その為に、雷様の名を借りてたって事なんでしょう？」

「お前、本当か、それ」

伊勢が、この時ばかりは縋《すが》るような目で、若いかっぱらいの方を見る。だが原田は、唇の片方だけを引き上げ、ちょいと哀れむような目で、二人の小悪党を見たのだ。そして、静かに首を横に振った。

「世の中がモダーンになったからって、時も土地も、江戸から切り離された訳じゃない。今、そう話したばかりだろうが」

まあ巡査の言う事なんぞ、へとも思っていないから、お前らは悪さが出来るんだろうと言い、原田はじっと二人を見る。

「だが、な。夜が明るくなったって、簡単に変わらないものもあるのさ」

これだけ世の中が変わったと言っても、江戸が明治に化けてから、まだ二十年であった。

「江戸に生まれた子が、まだ学校に行っていたって、おかしくない年なんだぞ」

江戸の世では、狐火《きつねび》で来年の豊作を占ったり、鍾馗《しょうき》様に病の快癒《かいゆ》を祈ったりした。鳴家《やなり》達が家を鳴らしていた。鬼がこの世にも、あの世に向かう途中の河原にもいた。そんな世であったのだ。

「たった二十年で、そういう者達が、きれいさっぱり消えると思うか？」

「だ、だからその、妙な奴らってぇのは、お江戸の物語に出てくる作りもの、本当にはいない者達なんですってば……」

自分は、妖や神の名で脅されても、とんと心に響かないと、長太は言い張る。しかし、今度は滝にまで笑われると、その声には力がなくなり、かすれて尻すぼみに消えた。すると伊勢までもが、何となく不安げな表情になったのだ。

また、雷が鳴った。窓際の椅子に座った原田が、表へ目を向けたが、強い雨脚は衰えず、直ぐ近くにある筈《はず》の立派な煉瓦街を、夢か幻、遥《はる》か遠くにあるもののように見せていた。巡査派出所は、大雨の中に浮かんだ小舟、どこからも切り離された、頼りない木っ端のようであった。

「全くこれじゃあ、見回りにも行けやしないな」

今、義憤にかられ、万難を排して外へ出ても、ズボンを泥で汚すだけであった。たとえ、かっぱらいなど見つけたところで、捕まえる事は叶《かな》わないだろうと、原田が苦笑を浮かべる。

「確かに、一旦小屋から出たら、まずしばらくは帰って来られませんね」

滝は頷くと、七輪《しちりん》で沸かした湯で、皆に茶を淹《い》れ、配ってくれた。伊勢と長太が、ほっとした表情を浮かべる。すると湯飲みを持った原田が、何故か楽しそうに言った。

「雨だからって、この狭い小屋で、男四人がただ茶を飲んでいるというのも、暇だぁな。ならばちょいと、面白い話をしてやろうか」

「……面白い？」

旦那、また雷の話じゃないでしょうねと、伊勢が疑り深い顔を向けてくる。

「いや、こいつは雷神の話じゃない。まあ、別のものが出てるがね」

「で、て、る？　一体何が、出たっていうんです？」

途端、伊勢の腰がぐっと引けたが、何しろ外は先も見えぬほどの大雨だ。通りへ逃げる事も叶わず、小悪党は椅子の上で小さくなる。

「何だか今日、原田の旦那は、怖いですぜ」

原田は笑って、さっさと語り始めた。

雨は小屋をきつく打ち付け、原田の声を、その語りを、外のモダンな街から切り離した。

「江戸の世が明治と名を変えても、この日《ひ》の本《もと》の首都たる地は、相変わらず火事が多かったんだ。火事に巻き込まれたら、身代《しんだい》全部燃えちまう。だから皆、家財はあまり持たねえようにしてるって話があるくらい、本当にしょっちゅう燃えてた」

原田の声は、不思議と雨音にかき消される事なく、小屋の中に響く。

「板葺《いたぶ》き屋根の多い街並みは、怖くってな。一旦火が出ると、あっという間に燃え広がる」

街一つ全焼するということも、珍しくはなかった。明治五年の大火では、この巡査派出所が建っている辺り、銀座、京橋《きょうばし》、築地《つきじ》一帯が燃え、三十四町が消失したのだ。

「被災者、五万人を超えてましたよね」

滝の言葉に、それくらいだったなと、原田が頷く。その惨事をきっかけに、銀座では不燃対策も兼ね、煉瓦による街が作られたのだ。明治六年頃には表通りが完成し、ガス灯も七年には点《つ》いた。

「だがこの街、当初はさっぱり、人気が出なかったんだぞ」

〝煉瓦の家に住むと、青ぶくれになって死ぬ〟などという物騒な噂《うわさ》は立つし、そもそも西洋式の家に、江戸っ子達は住み慣れない。しかも湿っぽく薄暗い。要するにこの町は、快適ではなかったのだ。

それでもやがて商店が開き、鉄道馬車が通るようになると、人々の耳目《じもく》も煉瓦街に向けられるようになる。銀座には段々、有名な店も集まり、随分とモダンな通りになっていったのだ。

「で、今のような、華やかな街が出来上がったのさ」

そして同じ頃、東京では貧民窟《ひんみんくつ》という、それは貧しい者らが集まった場所も、出来てしまった。

「ああ、知ってるよな。上野《うえの》や四谷《よつや》の、駅から行ける所にあるな」

多くの貧民窟の者達は、残飯を食らって命を繋《つな》いでいるという話だ。あの地には、泥棒や強盗も逃げ込んでいくという、噂が絶えなかった。

「俺は、そういう場所の一つ、崩れかかった万年町の町並みを、見た事があるが」

まさに、ちょいと地震でもきたら、いや今日のような強い雨に降られでもしたら、さっさと壊れてしまいそうな建物の連なりであった。その後、銀座の巡査派出所に戻った原田は、いつもの西洋式の街を見た時、怖いような思いに駆られたのだという。

「ここは、同じ国にある街なのかと思った」

このハイカラな街に住む者達は、もうそれだけで、随分と恵まれた立場であると分かった。違う、余りにも違う。たとえ立派な街の中にある粗末な小屋に勤めていても、やはりここにいる自分は、残飯を食べる事はないのだ。

だが。

「そんなご大層な街にだって、揉《も》め事も、困り事もあるのさ」

どんなに見目麗《みめうるわ》しく街を飾ろうと、建物を西洋式に変えようと、この地も元は、江戸の町であった。江戸で生きていた人が、今も暮らしており、時は江戸から続いているのだ。

怖いもの、恐ろしい事が江戸にあったとしたら、それをもちゃんと、東京は受け継いでいた。

2

銀座四丁目の交差点から、道一本三丁目の方へ行き、細い道へ折れて、二つばかり曲がった先に、牛鍋の百木屋《ももきや》があった。流行《はやり》の牛鍋屋「いろは」ほどではないが、一階に一間、二階に二間客間があり、窓に色ガラスのはまった牛鍋屋は、明治の世、銀座にあって結構繁盛している。

客は座敷で、七輪に牛鍋を載せ、それをつつきつつ一杯やったりする。今日も常連達は銚子《ちょうし》を傾け、話に花を咲かせていた。

そして夕刻になれば、百木屋の裏手には、明るい声が響く。

「ただいまぁ」

すると百木《ももき》賢一《けんいち》、百賢《ももけん》と呼ばれている主《あるじ》の顔が、ほっとしたようにほころんだ。「おかえり」と言いつつ、肉を放り出しいそいそと、一階の勝手口へ向かう。じき、妹みなもが可愛らしい微笑《ほほえ》みを、一階の常連客達にも向け、それから店裏の部屋へと消えていった。

「いやいや、ここんとこ何かと物騒だからな。みなもがちゃんと帰ってくると、ほっとする」

百賢は台所へ戻って頷くと、皿に肉を気前よく盛りはじめる。怖い事に、上野でも四谷でも、おなごの殺しがあったと、新聞に載ったところであった。

「指輪を抜かれ、帯留《と》めを盗られたんだとか。その上殺されたんじゃ、かなわねえ」

〝とんでもねえ世の中だ〟というのが、最近の百賢の口癖であった。要するにこの兄は、女学校に通う妹の事を、日々心配し続けているのだ。

百木屋は東京に出てきた百賢が、一人で始めた店だとかで、親達は田舎にいるとの話であった。みなもは、東京の女学校に行きたいという当人の希望に親が折れて、兄の店で暮らしているのだ。妹に何かあれば、親に顔向けが出来ない。百賢はそれもあって、心配性に拍車が掛かっているという噂であった。

おかげで客達は、肉を大盤振る舞いしてもらう代わりに、日々その心痛を聞く羽目になっている。馴染みの面々は、大男のくせして心配性である若い主を、せっせと笑い飛ばしていた。

「百賢に、毎日ああも心配されたんじゃ、みなもさんも大変だわぁ」

そう言って、肉より酒の杯を口に運んでいるのは、三味線《しゃみせん》の師匠で、近所に住む色っぽい後家《ごけ》、お高《たか》だ。

「そんな風だから百賢は、嫁を貰《もら》い損《そこ》ねてるのよ」

「いやいや、みなもさんは大層綺麗《きれい》だからなぁ。心配のし過ぎということは、ないな。うん、絶対にない！」

ここで口を挟んだのは常連で、煙草《タバコ》を商う赤手《あかて》という男だ。裏通りで小店をやっている赤手は、笑みを絶やさぬ随分と粋《いき》な男で、暇さえあれば牛鍋を食べに来ている。そして顔を出す刻限は、みなもが女学校から帰ってきて、店の手伝いをしたりする夕刻と決まっていた。

こういう男は他にも何人かいて、おかげで夕刻の百木屋は、混み合うことが多い。今日もみなもが、着物にたすき掛けの格好で奥から出てくると、客達から嬉《うれ》しげな声が上がった。

部屋脇で肉をさばいている百賢の目が、表に掛けた暖簾《のれん》の向こうに新たな客を見つけて、「いらっしゃい」と声をかける。しかし入ってきた二人連れを見て、その顔は少しばかり強《こわ》ばった。

「下谷《したや》さん、二階がすいてますよ」

下谷と木島《きじま》の二人に、百賢はそう声をかけた。だが、みなもが一階にいるのを見ると、下谷は階段を見もせず、台所向かいの一間に上がり込む。あげく、いささか強引に、中ほどの良い場所へ割り込んだものだから、先に来ていて、七輪をどかさねばならなかった客達が、むっとした表情を浮かべた。

しかし、それでも面と向かって、下谷に文句を言う者はいなかった。一つには、下谷は友人だと言って、大男木島を、いつも用心棒として連れているからだ。木島は気が短く、普通ならば簡単に終わる話が、剣呑《けんのん》な方へ転がりかねない男であった。

そしてもう一つ、下谷には胡散臭《うさんくさ》い噂がまとわりついている。それ故皆、関わりを厭《いと》うのだ。

「みなもさん、注文を取ってくれないか」

他にも仲居はいるのに、下谷はわざわざ、他の客と向き合っているみなもへ声をかける。百賢の包丁を握る手が、一寸止まったその時、座敷に明るい声がした。

「あら下谷さん、ごめんなさいよ。あたしちょっと、みなもさんと話をしてるところなのよ」

店に入ってきたばかり、下谷に事情が分からないのをいい事に、ここで常連の一人、お高がみなもの着物を引っ張った。

「みなもさんは、仕事中だろう。客と喋《しゃべ》るより、注文聞くのが先じゃねぇのかい？」

木島が睨《にら》んだが、お高は相手が男で、首二つほど背が高くても、ひるんだりしない。

色っぽくもにこりと笑うと、みなもを更に自分の方へ引き寄せた。

「いえね、急ぎの話なんですよぅ。実は、ある帝国大学の学生さんが、みなもさんを道で見かけたそうで」

ふとした縁で、お高がみなもを知ると分かると、是非に手紙を渡して欲しいと、頼まれたというのだ。

「とても真面目なお人でしてねぇ。みなもさんより五つ上で、お父上はお医者様。当人は帝大の優等生と聞きますから、末は博士か大臣か」

後家のお高から見れば、羨ましいような良き相手であるから、大層急いで話をせねばならないのだ。その話を聞くと、木島の横で下谷が口をへの字にする。それから下谷はわざわざ、みなもの名を呼び、注文を取ってくれと、もう一度口にしたのだ。

「帝大生より、店の客が大事だ。無視するべきじゃなかろう」

「そいつは分かっておりますよ。だから包丁を持ってる俺が、直《じか》に注文を伺いましょう」

ここで二人に声をかけたのは百賢で、いつの間にか座敷に顔を出し、下谷の後ろに立っていた。木島がその姿を睨んだ途端、今度は赤手が、遠慮なしの言葉を挟む。七輪の上で煮えた牛肉を、ぱくりと食べた後、赤手は苦笑混じりに下谷へ言った。

「ああ下谷さん、こう毎日みなもさんにまとわりついたんじゃ、百賢さんだって、いい顔はしないわさ。いい加減、よしなって」

そもそも下谷は、四十に手が届いており、みなもの父親といっていい歳であった。亡くなったお高の亭主よりも、更に幾つも歳上なのだ。

「器量のいいみなもさんのところへは、早、良縁が幾つも来てる。女学生に釣り合わぬ年寄りは、引いたがいいよ」

「私はこの銀座で、待合を持っている店主だ。借財もない。良き婿がねではないか」

都合の悪い歳の事は、綺麗にすっ飛ばかし、下谷が堂々と己を売り込んでくる。すると少しばかり酔ってきた顔で、酒杯片手のお高が首を傾《かし》げた。

「待合って言えばねぇ。この銀座で待合茶屋といえば、同業の寄り合いなんかに使われる、貸席のことですよ」

きっぱり堅い商いで、縁談を望む男が、そんな店を持っていると聞けば、確かに仲人は喜ぶだろう。

しかし、だ。

「この辺の商売人が、下谷さんの待合で集まったってえ話を、聞かないんですけどね」

店主達を数多《あまた》弟子に持っているお高は、銀座の噂に詳しかった。

「一体あの待合で、何やってるんです？」

商いの集まりだと称しつつ、やってくる面々の顔ぶれが、見たこともない者達ばかりであったとか、閉まっている事が多いとか、妙な話が絶えない。本当は何の商いをしているのかと、周りが勘ぐりたくなる状態なのだ。

「私は、ここいらじゃ新参者だ。だから、以前の知り合いが、銀座まで来てくれてるだけさ」

下谷の声が、ぐっと低くなってくる。すると赤手が、百賢に肉のおかわりを頼んでから、やんわりと頷いた。

「確かに下谷さんは、借金なしで店を買った。そいつは凄い。いや、本心そう思ってますよ。最近はこの辺の土地も、安いって訳じゃないからさ」

その言葉を聞いた下谷の顔が、ちょいとばかり得意げになる。「ただ」赤手は先を続けた。

「ただ、さ。噂を聞いたんだが……下谷さん、待合の前は、残飯売りをやってたんだって？」

「残飯？」

お高とみなもが、目を見合わせている。他の客達も、これには寸の間ざわめいた。赤手が、分からぬ顔の何人かに、親切に説明をした。

「貧民窟なんかで、やってる商いですよ。兵舎などから出た食い残しの飯を、売ってるんだ」

　何しろ客は、食うにも困っている面々であった。だから残り物の飯でも、安ければ買う。残飯売りは、一銭、二銭、下手をすれば、一杯何厘《りん》という額の商売であった。

「で、ちょいと不思議に思ったんだ。そういう薄い利の商いから身を起こして、よく銀座に待合が買えましたね」

　赤手が明るい声で話した途端、牛鍋屋の一階が、さっと静かになる。お高がみなもを、己の背に庇《かば》った。木島が思い切り口を突き出し、ゆらりと立ち上がったからだ。

「煙草屋ぁ、おめえ、残飯売りって真っ当な商売が、気にくわねえのかよ」

　小店で商っているくせに、随分とお高くとまってるじゃないかと、木島はすごんでくる。それでも赤手は落ち着いて、笑い顔のまま、百賢に飯の追加を頼んだ。

「木島さん、そういう話をしちゃいませんよ。なに、銀座に待合を持った今でも、下谷さんは、残飯商売を続けておいでのようだ。余程儲かるのかと、興味が出ましてね」

「てめえ……」

　木島はそれ以上、何も言わなかった。ただ、二歩で赤手の前にやってきたと思ったら、牛鍋を掛けていた七輪を、思い切り足で蹴飛ばしたのだ。

「うわあっ」

「ひえっ」

　咄嗟《とっさ》に飛び退《の》き、赤手は熱い汁を被らずに済んだ。しかし、より大きな悲鳴を上げたのは、赤手よりも百賢であった。七輪から転がり出た火の点いた炭が、畳に焦《こ》げを作る。百賢はひっくり返っていた茶碗《ちゃわん》で、必死にそれを拾い、七輪の中に掻《か》き集めた。もし火事を出してしまったら、百賢一代で興《おこ》した百木屋は、一発で潰れてしまう。

「はは、みっともねえ様《ざま》だな。こいつは、おもしれえ」

木島は引きつったような若い声を出すと、今度は手近にあったお高の七輪を蹴飛ばす。ところが、とっくに火は消えていたらしく、お高が慌てた様子を見せなかったものだから、木島が不機嫌になる。「つまんねえーっ」大声を出すと、更に七輪を蹴飛ばすべく、座敷の真ん中で足を思い切り振った。

ところが。

「い、てーっ」

木島は突然甲高い声を上げ、その場にしゃがみ込んでしまった。見れば官棒を手にした巡査、原田が部屋に現れており、木島が蹴ろうとした七輪の手前に、その棒をしっかりと立てていたのだ。木島はそれを足の甲で、したたかに蹴っていた。

「てめえ、この安月給野郎！　何しやがるっ」

「何をするんだとは、こっちが言いたいこった。木島、火の点いた七輪を蹴飛ばすなんざ、火付けの罪で捕まりたいのかっ」

江戸の昔から、火付けは重罪であった。明治の今でも同じだから、一瞬、木島が黙り込む。すると直ぐに、下谷が話に割って入った。

「木島さんは、うっかり七輪につまずいたんですよ。原田の旦那、一々そんなことで、火付けなんて言葉を、使わんでくださいな」

それとも安月給と言われたので、腹を立てているのかと問われ、原田が「ふんっ」と言い返した。下谷が口をへの字にする。

「何だか今日は、食べる気が失《う》せたよ」

そう言って立ち上がると、もう牛鍋を注文しようとはせず、そのまま木島を連れ、帰る素振りを見せる。だが、つと立ち止まると、原田を見た。

「原田巡査も、みなもさんが女学校から帰ってきた頃に、よく百木屋にお見えですな」

「夕飯を食べに来てるんだよ」

「今来たばかりで、お聞きになってないでしょうが、帝大の将来有望な学生が、みなもさんに、文など出してきているようですよ」

相手が帝大生では、安月給、まともな官吏《かんり》にもなりきれていない立場の巡査では、太《た》刀《ち》打《う》ち出来ないかなと、下谷はわざわざ原田に嫌みを言ってくる。

「おや、四十近いお前さんなら、帝大生にも勝てるてぇのかい？」

原田が切り返すと、下谷は目を半眼にして、睨んできた。

「私は……そうだねぇ、お前さんよりゃ裕福かもな」

すると下谷はここで、さっと踵《きびす》を返すと、みなもに近づいたのだ。そして、お高が睨む事など気にもせず、一旦懐に入れた手を、みなもに差し出す。拳を開くと、そこには大きくて緑色の石が鎮座していた。

縦が一寸ほどもあるだろうか。楕円《だえん》で、縁の金に刻まれた花の細工も美しい。

「翡翠《ひすい》のブロオチです。差し上げましょう」

「いえ、とんでもない」

「下谷さん、そいつは……高いものを」

木島がちょいと引きつったような、渋い表情を浮かべて止めたのに、下谷はその緑色の楕円を、みなもの帯に押し込んでしまった。そして、みなもが慌てて取り出している間に、今度こそ、さっさと店から帰ってしまったのだ。

「兄さん、これ、どうしましょう」

いささか途方にくれた様子で、みなもが半透明の美しい宝石を見ている。百賢は畳の焦げへ目を向けつつ、思い切り溜息《ためいき》をついた。

「早めに、下谷さんに返すさ。そうでないと、そのブロオチ、実は結納《ゆいのう》の品だなんて言い出しかねねえからな」

やれやれ困ったお人だと言い、百賢がまた息を吐き出す。すると、店奥に座って牛鍋を頼んだ原田が、そういう品は今、人目に晒《さら》しては駄目ですよと、みなもに念を押した。

「女の方が襲われ、命を落とすような騒ぎが続いています。我ら銀座の巡査達も、その件で動いているんですよ」

「まあ、こっちに人殺しが出張って来てるんですか？」

ここでお高が、いささか気味が悪そうに聞く。原田は笑って首を横に振り、自分達が追っているのは、盗まれた宝石の方だと口にした。

「巡査は上野などの質屋も回っていますが……宝石を買える金持ちが多い銀座界隈《かいわい》にも、目を配っているんです」

「まさか、このブロオチも、人殺しが盗ったもんじゃないでしょうね？」

百賢が気味悪そうに確認してきたが、大きな翡翠の事は、女殺しの手配書には書かれていなかったと、原田が請け合う。

「ああ、なんだ。良かったわぁ」

お高が笑うと、やっと牛鍋屋の内に、ほっとした様子の顔が並んだ。そしてみな、煮詰まってしまった鍋に、慌てて汁を足してもらったりした。

百賢が、助けてもらった礼だと原田に銚子を勧めると、ちゃっかりお高がその酒を受け、飲んでいる。原田の眉尻が下がり、みなもの顔にも笑みが戻ってきた。客達は肉を口にすると、さっそく下谷の噂話を始めたのだった。

3

木島の七輪蹴りから三日ほど経った頃、銀座の街に、何と妖の、鎌鼬《かまいたち》が出たとの噂が流れた。

アーク灯は、銀座の全ての道を照らしている訳ではない。裏通りや細い路地など数多あるし、建物が頑強で背丈が高い分、陰に作られた闇も又、深く濃かった。月が雲に隠れた夜のこと、いきなり空を斬る剣呑な音と共に、すぱりと身を切られた者が、何人か出たのだ。

一人目は赤手で、酔ってふらふらと歩いている時、突然酷い痛みを覚え道に転がった。それでも、決死の思いで街灯の下まで駆けて行き、鎌鼬から逃れた。硝子《ガラス》に映る己を見たら、頭半分が血まみれであったという。

二人目はお高で、こちらは闇の中から迫ってくる何かに、咄嗟に下駄を投げつけたらしい。おかげで〝鎌鼬〟には出くわさずに済んだが、気に入りの下駄を片方なくしたと言って、随分とむくれた表情を浮かべていた。

そして三人目は、何と巡査である原田だった。

「鎌鼬は、随分と腕が立つらしいよ」

そういう噂が流れたのは、原田が士族の出で、それなりに武道の心得があったからだ。なのに太ももを何かに刺し貫かれ、原田は治るまで、軽く足を引きずる羽目になっていた。

「やれ、今時の鎌鼬は、襲った相手を切り裂いたりは、しないんだな。まるで刀を使ったみたいに、足を突き通すなんて技を繰り出したんだぜ」

夕刻、牛鍋屋に現れた原田が、眉間に皺《しわ》を寄せつつこぼすと、顔見知りの者達が気の毒そうな目で巡査を見た。襲われたのが、赤手にお高、それに原田とくれば、百木屋の客達には、思い浮かぶ鎌鼬の名があるのだ。

しかし。牛鍋屋一階に座り込んだ原田は、まず、みなの噂話に釘《くぎ》を刺した。

「酒の席だからって、誰ぞの名前なんか言うんじゃねえぞ。俺は今、走れないんだ。誰かが自称鎌鼬に襲われても、助けてやれんからな」

巡査にそう言われると、うっかりした事は口に出来ず、何ともぎこちない話が、鍋を挟んで少なめに語られる。すると今日もたすき掛けをし、店を手伝っているみなもが、客の前に鍋を置きながら眉を顰《ひそ》めた。

「自称って……誰かが勝手に妖の名を、名乗ったって事ですか？」

「まあ、そうかもね。何しろ本物の鎌鼬とは、襲い方が少し違うようだもの」

己も襲われたので、あれこれ鎌鼬の事を調べたと、お高が話し出す。鎌鼬は、鎌のような足で人を切り裂く妖であった。

　犬のような声で鳴き、空を飛び、旋風《つむじかぜ》を巻き起こす。切られると、寸の間は痛みを感じないが、後に激痛を覚え、血が噴き出す。死に至る危険性すらあるという妖なのだ。江戸の昔から有名であったし、実際に切られたという話は、幾つも伝わっている。

　それを聞くと、みなもは一寸、七輪に掛けていた手を止めた。

「勝手に名を借りて、そんな危ない妖が怒ったら、どうする気なんでしょう」

　すると、酒の一升瓶を手にした百賢が、口元を歪《ゆが》める。

「誰だか知らねえが、そいつはもう明治だ、モダンな世の中だからと、妖なんぞ平気な奴なんだろうよ。だが俺ぁ、鎌鼬は怖いがね。くわばら、くわばら」

　この百木屋の客達は、奇態なものには関わってくれるなと、百賢が酒を配りつつ念を押す。

「そういうものに関わる、馬鹿な客とも、関わってくれるな」

　だが、既に自分は襲われているからか、それとも生来の気性なのか、お高が遠慮も思慮も配慮もなく、さっさとある男の名を口にした。

「そういえば下谷さんの待合で、珍しく大きな集まりがあったのよぉ」

　それでお高は、下谷がどんな商いをしているのか興味が湧いたらしく、銀座の裏通りにある待合近くへ、新しい下駄で行ってみたらしい。そして待合に集まる客を、実際に見てみたというのだ。

「おいお高、無茶するんじゃねえよ」

「巡査の旦那、どういう人らが、待合から出てきたと思う?」

原田は無謀を諫《いさ》めたものの、胡散臭い待合の客らはいかにというのだから、やはり聞いてみたくなる。

「分からねえなぁ。小股《こまた》の切れ上がった素敵な姉さん、教えてくれねえだろうか」

原田が素直に頭を下げると、お高はにこりと笑ってから、その時目にした事を告げた。

「客達は、銀座じゃ見た事のない男ばかりだったわね。山高帽や中折れ帽を被った人も多くて、身なりはみんな、そこそこ良かった。正直に言うとねえ、私には彼らがどういう人達なのか、見当がつかなかったのよ」

「やあれ、重々しく話し出したと思ったら、お高さん、尻切れトンボかいな」

明るい声がしたかと思ったら、今日も赤手が、表の藍暖簾をくぐって、牛鍋屋一階の座敷に現れた。頭にくるくると晒しを巻いているから、鎌鼬の襲撃は、随分と剣呑なものであったに違いない。

それでも赤手はいつもと変わらぬ、屈託のない様子で、さっそく酒と鍋を注文する。するとお高はその赤手へひょいと酒杯を向けてから、問いを投げかけた。

「あのさぁ、赤手さん。あたしが三味線を教えてて、結構な数の弟子を取っている事は、知ってるわよね？」

「どうしたんだい、姉さん。今更、さ」

「弟子には、商店主も官僚も、職人も物売りも先生もいる。他にも知り合いは多いの。あたしね、煮豆売りと、煙管《キセル》を扱う羅宇屋《らうや》の違いは分からないかもしれないけど、大工と代言人《だいげんにん》の先生を、見間違えたりはしないわ」

「ほい、その通りだろうな。それで？」

赤手はいつもの柔らかい笑みを浮かべつつ、お高に自分の酒を勧める。一杯干した後で、お高は甘い声で、話の肝心な所を口にした。

「でもあの待合の客達は、どういう人達だか、私には分からなかったのよ」

お高がそういうのだから、きっと彼らは、官吏でも、職人でも、先生と呼ばれる者でもなかったのだろう。勿論、この辺りの店主らではない。

「はて、気味の悪い。まるで妖の団体だの」

「原田巡査、妖の方が余程分かりやすいと思うわ。だって河童《かっぱ》は頭にお皿があるし、鬼には角が生えてるもの」

みなもが客に牛肉の皿を渡しつつ、笑ってそういうと、原田も「違いない」といって、一緒に笑い出す。それから小さな声で、独り言をつぶやいた。

「じゃあ、下谷の待合の客達は、どういう奴らなんだ？」

身なりや雰囲気からは、その生業《なりわい》が何とも分からない者達。昼間っから、時々銀座に集まっては、消えてゆく。その集会場所を提供している下谷は、今も貧民窟で残飯を売っている……。

一瞬原田は、女ばかりを襲っている一連の強盗殺人の件を思い浮かべた。木島のような手下を集め、下谷が強盗殺人をし、待合を買うほどの一財産を得たのではないかと、そう考えてみたのだ。強盗であれば、下谷が金を持っている訳が納得出来る。

しかし。原田は煮える牛鍋を睨み付けた。

「……そいつはどうも、しっくりこねえか」

下谷は今も、きっちり残飯売りを続けているのだ。兵舎から出た残り物の飯を商い、酷く貧しい面々から、一銭、二銭の銭を受け取っている。

買う人数が多ければ、それはひょっとしたら、そこそこ商いになるのかもしれない。しかし、確かに細かく地味な商売ではあった。

(宝石も命も一緒くた、力任せに一攫千金《いっかくせんきん》を狙う、派手な強盗のやり方とは、何とも沿わねえな)

原田は首を振ると、いい具合に煮えてきた牛鍋から、肉をすくい取り、ちょっと嬉しげな表情を浮かべる。いつか下谷に言われた通り、巡査の給料など良くはないから、この牛鍋を食うひとときは、原田にとって本当に贅沢《ぜいたく》な時間なのだ。

その時、店に新たな客が入ってきた。

馴染みの顔らしく、百賢が明るい声で挨拶をしている。だが現れた客の方はいささか狼狽《うろた》えていて、まさに牛鍋どころではないという様子であった。

「百賢さん、大変だよ。もう聞いたかい、えらいこった。ああ、どうしようね。いったい、この辺りにあの胡散臭い男が現れたのが、いけないのさっ」

まくし立ててはいるものの、客が何を言いたいのか、一向に分からない。するとそこへ、ふらりと原田の同僚滝巡査が現れ、今仕入れたばかりの剣呑な噂話を告げたのだ。

「聞いたかい、百賢さん。あの待合持ちの下谷さんが、この辺の土地を随分と買うらしいよ」

「土地？　銀座の？」

百賢と一階の客達が、顔を見合わせる。

「下谷さん、借金はないと言ってたけど、そんなに金を持っていたのか」

「原田さん、下谷さんの懐具合は知りませんが、心配な事があるんです。下谷さんは、この牛鍋屋、百木屋が建っている土地も買うって噂で」

「は？」

百賢が寸の間言葉を失い、肉切り包丁片手に立ち尽くす。皆の視線が、その姿に集まった。

百賢は田舎から東京に出て、一人で商売を興した身だ。勿論、店も土地も借り物であった。つまり地主が代わり、地代を急に上げられたら、酷く困ってしまうのだ。地主から、己で使うから出て行けと言われたら、店を畳む羽目になるかもしれない。つまり百木屋の商売は、下谷に首根っこを押さえられた格好になるわけだ。

となれば、あの下谷がどんな無理を百木屋へ言ってくるか、分かったものではない。

「ど、どうしてそんな話に……」

百賢がうめく。理由の察しは誰にでもつき、皆の視線がちらちらと、立ち尽くしているみなもに向けられた。

4

ここで立ち上がったのは、原田であった。牛鍋を放り出し、店先に立つ同僚の所へ向かうと、急ぎ質問をしたのだ。

「滝さん、ちょいと聞きたいが、下谷さんが買うのは、この百木屋さんの土地だけじゃないんだよな？　今、そう言ったと思ったが」

「ええ、売り主は、この店の建ってる道沿い、そこの右の角から向こうの路地の角まで、四角い土地を一遍に売りたいとかで」

まとめて買うのなら、売るという事なのだろう。それを聞いて原田は、ぐっと目つきを鋭くした。

「いくら何でも、随分と金があるじゃねえか」

貧民窟での残飯商いから始めたのであれば、下谷は物持ちの家の出ではあるまい。持っている待合を担保に、金を借りるのかもしれないが、それにしても買う土地が大きかった。

「そういえば、先にみなもさんに贈ったブロオチだって、大層高そうな物だった。翡翠とか言ってなかったっけ」

宝石の値など、石によってピンキリで、なかなか確かな値など分からない。しかし、頼んでみなもに見せて貰うと、翠緑色《すいりよく》、半透明の石は素人目《しろうとめ》にも美しく、かなり大きかった。指輪にしたら、細いみなもの指では不似合いなほどだ。

「おやぁ、随分と高そうな石ですね。下谷さんは、みなもさんの事本気なんだな」

滝がゆったりと言う。待合を買って、この石も入手し、おまけに銀座で大きな土地を手に入れようとしている。下谷は驚くほど稼いでいるようだ。

「次は、嫁さんが欲しいという事ですか」

原田はそれを聞くと、口元を歪め、みなもに宝石を返した。

「下谷が戻せと言って、ここに来るかもしれないから、これはみなもさんが持っていて下さい」

原田はここで、土地を買う金をどう作ったのか、下谷を調べてみると口にした。

「どう考えても、下谷さんの実入りの多さには、驚くからね」

翡翠の出所も気になると、原田は言った。親から受け継いだ宝石でなければ、大枚出して買ったはずだ。それが下谷だとなれば、誰に贈るつもりか、銀座で話題になってもおかしくないところだ。

だが原田は、そんな噂を聞いた事がない。

お高がここで、一言付け足した。

「つまり下谷さんはその翡翠を、この銀座で買ったんじゃないと思うわ」

ならば、わざわざ余所《よそ》で求めた事になるが、どうして遠方で入手したのかも、気になる。

「ひょっとしたら下谷さんは、懐をお上に調べられた途端、土地を買う話を諦めるかもしれない」

そうなれば百木屋は、つまり百賢は助かるのだ。

「滝さん、調べを手伝ってくんな」

「はい、いいですよ」

その答えを待つのも惜しい様子で、原田は足を軽く引きずりつつ、牛鍋屋から飛び出ようとする。しかし、戸口でぐっと足を踏ん張って止まると、みなもの方を振り向いた。

「みなもさん、ここんところ妖が出るとか言われて、諸事物騒だ。暫くは女学校から帰った後、外へは出ないで下さいね」

「はい、分かりました。ご指示に従います」

みなもは頷くと、足を軽く引きずる原田を、店先まで見送ってくれた。忙しい刻限で、入る客、出て行く客が重なり、その流れに押し出されるように、原田は滝と一緒に百木屋から出た。だが怪我《けが》をした足のせいで、思うようには進めない。

一旦大通りへ出たところで、どこへ何しに行くのかと、滝が聞いてくる。原田は、京橋三丁目の、京橋警察署へ向かうと答えた。

「あそこならば、詳しい警官がいるに違いない」

「はい？　何に詳しいのですか？」

「宝石だ」

「それは、いるでしょうが……ですが、みなもさんが贈られたあの翡翠は、強盗殺人をした犯人が、盗った品ではないですよね？」

「ああ、違う」

だが。

ここで原田は、己の考えを熱心に、滝へ話し始めた。声は人通りの多い場所で紛《まぎ》れ、道を歩いていれば、却《かえ》って内容を聞かれずに済む。

〝天狗《てんぐ》たばこ〟で有名な岩谷《いわや》商会の、丸に十字、薩摩《さつま》の印がくっきりと付いた建物の前を抜け、京橋へ向かった。銀座三丁目の先までは大した距離ではなく、じき、三角ファサードに四本の支柱を持つ、ややいかめしい京橋警察署の前に行き着く。

二人は知り合いの警官を捜し、中に入り込んだ。


「分かった！　百賢さん、凄い事が分かったぞ！」

三時間ほど後のこと。良い匂いを漂わせている百木屋の店先に、二人の巡査は帰ってきた。

遅い刻限になったからか、店に残っている客は、常連ばかりであった。お高も、とっくの昔に食べ終わっているはずなのに、赤手と共に、しっかり牛鍋屋一階に居残っている。

「で、何が分かったの？」

興味津々聞かれて、原田は滝と、京橋警察署へ向かった事を告げる。そこで二人は、巡査教習所時代の恩師の警官に、盗まれた高額な宝石について、あれこれ聞いてみたのだ。

百賢も含め、皆が目を見開いた。

「盗まれた宝石って……あの翡翠は、強盗殺人とは関係ないって言わなかった？」

だからみなもも、手にとっていたのだ。原田は、土間から一段高くなっている座敷の端に、頷きつつ腰を下ろす。

「ああ、言った。だから俺達が調べたのは、強盗殺人犯が、殺したおなごから盗んだ宝石じゃない。空き巣とか、泥棒が盗んだ高価な一品がないか、聞いたんだ」

銀座界隈だけでなく、東京のなるべく広い範囲、出来たら近県の事も知りたいと原田が言ったものだから、元教官は顔を顰《しか》めたという。しかし物を翡翠に絞ったところ、存外早くブロオチが、盗品として見つかったのだ。

「石は緑色。縦一寸、横が半寸。楕円でぐるりと金の輪が取り巻いていて、そこに花の細工がある品ということだった」

まさに、みなもが贈られたような品であった。滝が横から、盗品の情報を付け足す。

「元の持ち主は、横浜に住む外国人です。空き巣に入られて、大事な宝石をごっそりやられたみたいです」

勿論警察が調べたが、横浜の質屋で換金された様子はない。東京の警察にも事が伝わり、ひょっとしたらという事で、こちらの質屋なども調べたが、さっぱり見つからない。これはもう、海を越えて持ち出されてしまったかと言われていた所へ、原田達がブロオチを調べに行ったというわけだ。

ここでお高が、原田の方を向いた。

「もし、よ。もしそのブロオチが、横浜で盗まれた物だとしたら、どうして下谷さんが持っていたのかしら」

するとここまで来れば想像は付くと言ったのは、茶を持った赤手であった。

「お高さんが、言ってたじゃないか。下谷さんの待合には、何をしているのか分からない人達が、時々集まって来るって」

その何者か知れない面々は、ひょっとしたら人様の物をかすめる稼業の者達だったのかもしれない。赤手の意見に、原田は大きく頷いた。

「つまり、だ。下谷の待合は、泥棒達が戦利品を、交換する場所だったてぇ事さ」

盗ったものを直ぐに質屋へ持って行き、換金しようとしては危ない。

「しかし金が必要だから、泥棒に走った奴らだ。高価な品が手元にあるのに、ほとぼりが冷めるのを待つのは辛《つら》いだろう」

そんな時、盗品を交換、換金出来る場所があったとしたら。泥棒達は喜んで利用するだろう。下谷の待合は、盗人が盗んだあれこれを持ち寄って、やりとりしていた場所だったのだ。

「証拠は、下谷が持ってたあのブロオチだ」

きちんとした決まりさえあれば、泥棒の交換所は繁盛したはずだ。

「直ぐに金が必要な者は、安く品を出す。長く物を潜ませておける者は、そういう品物を、割安で手に入れるんだろうな」

赤手が「そして」と言葉を漏らす。

「下谷さんは、その元締めか。だとしたら、妙に景気がいい訳も分かる気がするねえ」

下谷が貧民窟で商いを続けているのは、あそこが、泥棒や強盗が逃げ込むという場所だからだ。盗品売買の商いをしている己の待合を、宣伝していたのだろうと、原田は続けた。

「警察は、みなもさんのブロオチが盗品だと確認され次第、下谷の待合を調べることになっている」

多分、下谷は暫く世に出さないつもりで、あの翡翠のブロオチを、待合で安く手に入れたのだ。だが、みなもの気を引きたくて、思わず、考えなしに渡してしまったのだろう。

「そういやぁ、ブロオチを渡した時、木島さんの顔が、引きつってましたもんね」

もし待合で、本当に盗人が集まっているとしたら、多分あの木島も一枚嚙《か》んでいるに違いない。ブロオチの出所を知っているから、思わず下谷を止めたのだ。原田が大きく頷いた。

「みなもさんのおかげで、思いがけず大きな事件が解決されるかもしれないよ」

「ああ、それで急いでらしたんですね。わざわざみなもさんを呼びに来たから、何事かと思ってたんです。みなもさんは今、警察署にいるんですか？」

お高がさらりと聞くと、言葉に引っ張られるかのようにして、原田が立ち上がった。

「みなもさんが、警察署に？」

「だって、暫く前に、巡査さんが迎えに来たじゃないですか。原田さんが呼んでるから、来て欲しいって」

原田は顔を強ばらせ、立ちすくんだまま、次の言葉が出てこない。滝が代わって、急ぎ事の確認を取った。

「巡査の制服を着た者が、みなもさんを、百木屋から連れ出したんですね。えっ？　いいえ、私達はみなもさんに、使いなど出してません」

何時《いつ》の話かと滝が問うと、一時間は過ぎていると、百賢が小さな声で答える。ブロオチ、大事な証拠である、あの翡翠はどうしたと聞かれ、百賢がのろのろと答えた。

「ブロオチは……みなもが持って行きました。そうして欲しいと、巡査に言われたんです」

見た事のない巡査だった。だが、しかし。制服を着ていたので、信じてしまったのだ。

「だって……巡査だったたから！」

「みなもさん、一人で付いていったんですか？」

「あのね、滝さん、大勢で店を出たのでは目立つって、巡査に言われたの」

下谷の手下達に、みなもが外に出たと知れるかもしれない。お高など、ついて行くと言ったのだが、その巡査は許さなかったのだ。

滝が一つ息を吐き、低い声で説明をする。

「情けない話だが、巡査の給料は本当に安いんでね。支給される制服を、たまに売り払う者がいると聞きます」

古い制服を使い続けて、新しい支給品を金に換えるのだ。洋装はまだまだ一般的ではないから、結構売れるし、ありがたい臨時収入になるらしい。

つまり、何とか手に入れようと思えば、巡査の制服というものは、手に入ってしまうものらしい。

「誰が巡査に化けたんだ？　今丁度警察が、ブロオチの事を調べてる。こんな時に、どうしてブロオチを持ってるみなもが、連れ出されたんだ？」

百賢の声が震えている。滝が、吐き出すように言った。

「多分、この店の客の中に、下谷達と親しい誰かがいたんでしょう」

大勢の客が出入りしている。何者かがブロオチの話を耳にして、早く手を打たねば警察の手が回るぞと、下谷にご注進したのかもしれない。

「それで、みなもが呼び出されたのか」

百賢の横で、赤手が立ち上がった。

「とにかく、早くみなもさんを探しましょう。下谷さんは、みなもさんに惚《ほ》れてます。剣呑な話には、きっとなりませんよ」

「あ、ああ、そうだな。きっとそうだ」

頷いた百賢が、済まぬが今夜はこれまでと、店の客達に告げる。すると、残っていた馴染みの面々は、人捜しに協力すると申し出てくれた。滝と赤手で、素早く火の始末をしている間に、お高が戸締まりをし、他の客が提灯《ちょうちん》の用意をする。それから一同は、泣きそうな顔の百賢と、未だ呆然《ぼうぜん》としてふらついている原田を連れ、夜の闇の中へ、みなもを探しに向かったのだ。


その夜、百賢や原田、滝、お高、赤手は真っ先に、下谷の待合に押しかけた。正面から、みなもの事を知らぬかと聞いたのだ。

すると待合の入り口近く、畳の間の端に出てきた下谷は、土間に揃《そろ》った面々に、きっぱり知らぬと首を振った。

「私は今日貧民窟の方へ、商いに行ってたんですよ。ええ、木島さんと一緒に。聞いて下されば、確認出来ます」

「木島さんが、自分達に不都合な話など、する訳がない」

五人は入り口で、怒りの表情を浮かべる。

しかし、だ。それでも百賢は木島を呼んで貰うと、みなものことを尋ねた。すると下谷の横に現れた木島は、嫌になるくらい落ち着いた声で、思いがけないことを言い出したのだ。

「へえ、みなもさんが、いないんですか。若い娘さんが行方知れずとは、剣呑だな」

ならばきっと、あれじゃないかと続ける。

「ほら、近頃出ると噂になってる妖。そいつに、連れて行かれたんじゃないかねえ」

「妖の仕業だって？」

この言葉を聞き、百賢が、お高が、赤手がぐっと眉を吊《つ》り上げる。横から滝が、木島に問うた。

「妖が、わざわざ巡査の格好をして、娘御を攫《さら》いに来たと言うんですか？　都合の悪い事は、妖に押っつける気ですか？」

「都合悪いって……自分達は、何も悪い事なんぞ、しちゃいませんよ」

最近鎌鼬などという、剣呑な妖が出没していたから、そう言ったまでだ。ただもし、みなもが夜歩きをした時に、そんな物騒な相手に出会ってしまったとしたら、無事ではおれなかったかもしれない。

「無事じゃないって……あんたっ、みなもに何をしたんだっ」

目をむいた百賢が、木島の大きな体に摑《つか》みかかる。しかし、下谷の用心棒と噂の木島が百賢を止めると、あっという間に土間の反対側へ、突き飛ばしてしまった。

「いきなりこっちを、悪人呼ばわりする気かい。だがまあ、巡査が二人も来てるんだ。手加減しといてやるさ」

しかし、馬鹿は今日限りが良かろうと、木島は見下した目で言う。百賢だとて、いつもいつも巡査と同道する訳にはいくまい。

「いや、その巡査にしたってさ、威張っているだけで、お前さんを庇《かば》うほど強くはないわな。鎌鼬に足を、貫かれてたじゃないか」

「おや、詳しいね」

原田に睨まれ、木島はにたっと笑った。そして土間に這《は》いつくばっている百賢に、さも親切そうに言ったのだ。

「もしみなもさんが夜、道で鎌鼬に切られたとしたら、どうなるかな。ふらついて、堀川へ落ちたかもしれない。そうは思わんか」

自分なら、堀や川も探してみると木島は言い、待合の畳の間から百賢を見下ろす。呆然とした百賢の言葉が、待合の土間でかすれ気味に聞こえた。

「あんた……ブロオチを取り戻したかっただけなんだろう。なのに、その為にみなもを、川へ落としたのかっ」

わざわざ騙して連れ出し、宝石を取り上げに掛かったので、みなもが訝《いぶか》って、直ぐにブロオチを返さなかったのかもしれない。もみ合いになって、面倒くさいとばかりに、みなもを葬ってしまったのだろうか。

「下谷さん、あんた、あんた、みなもに惚れてたんじゃなかったのかっ」

百賢が叫ぶ。似合わなかろうが、とにかく下谷のその気持ちだけは本物だろうと、百賢も思っていたのだ。なのに。

「殺したのか。惚れた相手を、都合が悪くなったからと簡単に殺したのか！」

木島の横にいた下谷が、上目使いに目をむいた。だが、何も言い返しはしない。言い訳一つしてこない。

悪事の証拠となるブロオチは失われてしまった。大事な大事な、みなもまでが失われた。これでは何も出来ず、しかし火が出るような眼差《まなざ》しで、皆は二人を睨み付ける。

その内、下谷が座ったまま、もういいだろうと木島に言った。

「皆さんには、そろそろ帰ってもらいなさい。また、鎌鼬が出ない内に」

「都合の悪い事を妖に押っつけたら、奴らの怒りを買いますよ」

ここで赤手が、二人を睨んだ。日の本では神様だとて、人の都合の良いようには、なかなか動いて下さらない。ましてや相手が妖となれば、向き合い方を間違えれば、剣呑この上ない事となるのだ。

だがこの言葉を聞いて、木島が大きく笑い、下谷も苦笑を浮かべた。

「いや、古い事を言うね。もう江戸は、昔話の中にあるんだ。妖なんざ、行灯《あんどん》しかなかった頃の、目の迷いさ」

「たった二十年ほど前のことを、馬鹿になさるんですかい。今日俺らは、みなもさんを探すのに、提灯を出しましたがね」

きっと、報いを受ける。赤手がそう言って食い下がると、木島が爆笑を向けた。

「みなもを返してくれっ」

百賢が叫んだ途端、木島は五人を追っ立て外へ突き出す。それから待合の戸をぴしゃりと、音を立てて閉めた。

五人にはもう、その戸を開ける事が出来なかった。

5

遠雷が聞こえ、原田は話を一時止めた。煉瓦街に、雨は降り続いている。

小さな巡査派出所で、原田が語った話の思わぬ成り行きに、伊勢と長太はしばし、声を失っていた。だが、また空に稲光が走ると、伊勢はちょいと身を小さくしてから、原田に問う。

「えー、あの旦那、みなもさんを殺したのは、本当に下谷さんだったんですかい?」

「そうだろうな。何しろ下谷は、一切騒がなかったから」

恋しいみなもが、夜、行方知れずになったのだ。もし、全く関係のない下谷がその事を聞いたら、大いに騒いだ筈であった。人を集め、自分も先頭に立って、朝まで探していなければおかしい。いつもの下谷であれば、きっとそうしていたに違いなかった。

「なのに、百賢がみなもを探していると聞いても、ろくに驚きもしなかった。あげく、自分はその夜、遠い所にいたと、すらすらとぬかしやがった」

もう、みなもがこの世にいない事を、承知していたからとしか思えない返答だ。巡査がじきにやってくると、分かっていたのだろう。

下谷は、やり過ぎてしまった。まず己の保身を図った為に、却って馬脚《ばきやく》を現したのだ。

「だが、そういう印象だけじゃ、下谷を捕まえる事は、出来なかったがね」

話している内に、不機嫌になってきたのか、原田が益々剣呑に見えてきて、伊勢は一瞬、首をすくめる。長太はいつの間にか、伊勢の後ろに来て、小さくなっていた。

「それで、その、みなもさんは、その後、見つかったのでしょうか」

「いや」

ここで滝が小さく溜息をついた。

「みなもが行方知れずと聞いて、近所の人達まで手分けして探してくれたんですが」

しかし。それっきり、その夜限り、みなもは見つからなかった。

真っ暗な夜が明けて、朝日が道を照らしても、みなもの姿はどこにも見あたらない。

寝ないまま、皆は探す場所を広げたし、終《しま》いには病院にも、女学校にも顔を出した。

川も探した。銀座近くの三十間堀も、京橋川も、外堀も見て回ったのだ。

しかし。翌日となり、三日経《た》ち、一月経っても、みなもの行方は知れなかった。

みなもは戻って来なかったのだ。

「その内、百木屋の田舎から、年老いた親の代わりに、百賢とみなもの妹だって娘が、様子を見に来たよ。しかし妹が来たからって、どうにかなる訳じゃない」

姉が見つかるまでと言って、妹はそのまま百木屋にいる。今もいて……田舎に帰る当ては、まだないのだ。

「そりゃ、大変だ」

伊勢が、気の毒そうに言う。

だがその時、伊勢は仰《の》け反《ぞ》るように、椅子の上で身を逸《そ》らした。目の前の原田が、いつの間にか、うっすらと笑いを浮かべており……その顔が何時になく、それは怖かったのだ。

また遠雷が鳴る。それが原田の顔に、濃い影を作る。窓の外、雨は少し止んできていたが、雷鳴はまた増えてきていた。

「は、原田さん、どうかなさいましたか？」

「ああ、百木屋の話は、まだ終わっちゃいなかった。まだ少し、先が残ってるんだ」

下谷や木島がその後、どうなったか。これを言わないでは、話が尻切れトンボだ。原田はそう言うと、低い声でまた語り出す。

「俺達が疑っているのを知ったからか、下谷はその後、銀座の待合で、妙な会合を開くことはなくなった。河岸《かし》を変えたんだろう」

みなもがいなくなったからか、もう銀座の土地を買うとも言わなくなった。百木屋は、その事では助かったのだ。

「その内、下谷が待合を売りに出してると噂が流れた。けちが付いた街を、離れる算段をしたんだろう」

だが相棒の木島は、銀座を離れられなかった。

「はい？　何でです？」

長太が思わず問いを挟むと、滝がにたっと笑う。

「実はな、また、鎌鼬が出たんですよ」

「鎌鼬……妖が？」

昼と夜の移り変わる、逢魔《おうま》が時。京橋を歩いていた木島は、橋の上で一瞬、大きくよろけたのだそうだ。

だが、そのまま自分の足で歩いて橋を渡りきった。しかしその時突然首筋から血が噴き出し、木島は倒れると、絶命してしまったのだ。

「ひえっ」

「夕刻の大通りの事だった。人は結構歩いてたんで、誰も木島の近くにはいなかったと、京橋近くの警察署で、皆、口を揃えて言ったんだと」

どう見ても、昔から言われてきた鎌鼬の仕業にそっくりで、警察もそれ以上、何を調べることも出来ないでいる。とにかく木島は、路上で頓死《とんし》。そういう最期だったのだ。

「それで下谷は、用心棒を失った。直ぐに代わりが見つからなかったんだろう。暫く一人で、出歩いていたんですが」

ここでまた、原田がにっと笑う。伊勢は段々、その笑いを見ているのが、雷鳴を聞くほどにも、怖くなってきた様子であった。原田の声がするたび、次第に大きくなってきた雷鳴でも聞こえたかのように、伊勢は身を引くのだ。

「俺がその後、下谷を見たのは、細い月が出ている夜の事だった」

銀座四丁目の角を木挽《こびき》町の方へと抜けた、三十間堀、朝日橋近くであった。原田が橋を通りかかると、暗い中、何時にない水音がしたのだという。

「はて?」

明かりは見えないが、月明かりも乏しい夜に、舟でも通っているのかと、原田は橋の下を見下ろしたのだ。すると岸の木に、提灯が一つ、引っかけられているのが分かった。

その明かりの届く所に、トンビという名の、ケープ付きの外套《がいとう》が見えた。

「そういう格好が出来るのは、裕福な者と相場が決まってる。おや、真っ暗な堀際で何をしているのかと目を凝《こ》らしたら、何と下谷がいたのさ」

一瞬、妙だなと原田は思った。下谷は間違いなくみなも殺しに関わっている。証拠はなくとも、下谷自身がそれを、一番よく知っているはずであった。なのに暗い夜、みなもを突き落としたであろう堀端に、一人で立っている。

「思いも掛けない剛気《ごうき》だと思ったさ」

しかし。

「よく見たら、どうも一人きりじゃ、なかったんだ」

堀沿いには、誰もいない。だから一見、下谷が一人でいるように見えたのだ。しかし、雲が切れ、暗い川にわずかな月明かりが映った途端、原田は片眉を上げた。

「水の中に、ね。何か……誰かがいたんだよ」

「み、水の中? 死体でも浮かんで……」

伊勢が引きつった声を出すと、原田が大きく笑みを浮かべ、顔を直ぐ目の前まで、近づけてきた。そして伊勢にくっつかんばかりのところで、ゆっくりと首を横に振ったのだ。

「川にいる者は、水から身を起こしてたんだ。立ち泳ぎをしてるにしても、驚くほど水から体が出ていた。まるで、そうだね。昔の絵巻物にでも載っている、百鬼の一人、濡《ぬれ》女《おんな》みたいだったよ」

「ぬ、濡女？」

「全身水浸しになって、海からあがってくる女妖さ。銀座は海に近いし、堀は繋がっている。妖は、三十間堀にまで来たのかな」

鎌鼬がいるのなら、濡女もこの世にいるのだろう。いても可笑《おか》しくないではないか。何しろまだ、お江戸が名を変えてから、二十年ほどしか経っていないのだから。

「で、でも何で、濡女が街のど真ん中に」

黙り込むのも怖くて、伊勢は話を継いだ。すると原田は、一層声を低くしたのだ。雷鳴と声が重なり、聞こえないほどであった。

「それが、さ。訳があったんだ」

「訳……？」

「濡女が白い手を、下谷へ伸ばすのが見えた。少し、提灯の明かりに近づいた。そうしたらな、見えたんだ。長い髪の向こうの顔が」

「……」

「あれは、みなもさんだった」

「ま、まさか」

伊勢と長太が息を呑む。

「信じないかい？　じゃあ、見間違いだな」

原田は笑うように続けた。

「でも俺には、みなもさんのように、見えたんだ」

みなもが妖と化したのか。いや人と見えて、端《はな》から妖だったのか。

「妖が人の顔をして、澄ましてモダンな街で、暮らしてたのかね」

そういえば明治の世、妖らはどこへ行き、どう暮らしているのか、とんと知れない。

しかし、みなもが妖であったとしたら、みなもの兄の百賢は、人なのであろうか。仲の良い赤手は？　お高は？　じゃあ己はどうだと思うかと、原田は口の端を引き上げつつ、伊勢らを見てくる。

「伊勢、騙し屋のお前さんは、どう思う？」

人は妖に、騙くらかされているのだろうか。それともこういう話は、木島が言っていたように、一朝の夢なのか。

「原田の旦那……」

「とにかく、な。下谷はその夜、堀にいた女に、手を引っ張られた」

下谷はそのまま堀へと、落ちたのだ。

「トンビが水を吸って重かったのか、堀でろくに、もがきもしなかったな。あっという間に沈んだ」

いや、あっけなかったと、原田があっさり言う。伊勢が泣きそうな声を上げた。眼前に迫る巡査の顔を、勘弁してくれとでもいうように押しのけて、声を上げる。

「原田さん、あんた、助けなかったのか？」

下谷を助けなかったのか。人殺しかもしれなかったし、恋しい娘を殺した、憎い相手だっただろう。でも。

「だけど、人なんだから……」

「人だから？」

「ふふふ」という、笑い声が聞こえた途端！

周りが白くなったと思ったら、もの凄い雷鳴が辺りを包んだ。伊勢も長太も、両の手で頭を抱え、うずくまる。総身が打ち付けられた気がして、立ち上がれない。寸の間、息も出来なかった。

「ひいっ」

堅くつぶった目の裏が、暫く白く、光っているように感じられた。いくらか経った後、やっと体から力を抜くと、大きく息を吸ってから、ふらふらと立ち上がる。

その時、ふと気がついた。

「あれ……原田さん？　滝さん？」

小屋の内を見渡したが、首を傾げる事に、部屋には長太と伊勢しかいなかったのだ。

「えっ……？」

今、雷が落ちた間に、二人の巡査はどこかに出かけたのであろうか。それにしても、急な事であった。

「何なんだ、一体」

伊勢は、しばし呆然と立ちすくむ。長太は、どうして原田と滝がいなくなったのか分からないようで、ただ部屋中を見回している。

するとそこへ、少し小降りになった雨の中、近寄ってくる足音があった。じき、小屋の戸が遠慮もなく開くと、今し方まで小屋にいたはずの原田と滝が共に、随分雨に打たれた姿で外から帰ってきたのだ。

「やれ、濡れた。やっぱりあんな大雨の中、かっぱらいを追いかけたのは、無謀だったな」

京橋まで追ったのに、見事に逃げられてしまったと言い、原田は溜息をついている。

「だから、無理だって言ったじゃないですか。あれ原田さん、客人ですよ」

「あん？　おお、騙しの伊勢じゃないか」

手ぬぐいを手に、久しぶりだと原田が言い、身を拭いつつ長太の名を聞いてくる。雨宿りかと言って滝が笑うと、真面目にやっているのかを問い、茶でも淹れてやろうと口にする。

伊勢と長太は、顔を見合わせた。

その顔が、引きつる。身に、細かい震えが走り出した。二人はじりじりと巡査達から身を離し、戸口へ近づいてゆく。

「原田の旦那……ですよね？」

「おうよ。伊勢、どうかしたのか？」

「確かに旦那だ。滝の旦那もいる。でも……旦那達じゃない。今、話していた旦那達じゃ」

違う、いや違わない。その、だからその……。伊勢は長太と顔を見合わせる。

「伊勢、どうした？」

原田が一歩近寄った途端、伊勢と長太は弾《はじ》かれたかのように、原田達の前から飛び退いた。そして銀座のど真ん中の巡査派出所から、必死の形相で、雨の中に駆けだして行ったのだ。

二人とも、後ろを振り返ったりはしなかった。

第二話　赤手の拾い子

1

赤手は、今が明治だということを、ちゃんと分かっていた。

江戸が終わって二十年、明治の世というのは、昨日まで並であったことが、あっという間に変わってゆく時だ、と思っている。

道に鉄道馬車が通り、人々は遠くにまで行くようになった。提灯《ちょうちん》はアーク灯に代わり、夜が明るくなった。年々暮らしが、大きく変化してゆく。そういう日々こそ、今の、普通の毎日なのだ。

しかし。

今日、目の前で変わってしまったものを見て、赤手は立ちすくんでいた。

つい今しがたまで、目の前にいる女の子は、三つほどに見えていたのだ。確かにそうだった。見間違いではない。

それが。

気がついた時、子供は小学校尋常科に通っている程の歳、六つ位になっていたのだ。育ちが早いという感じではない。まるで、よそ見をしている間に、誰かが子供を、すり替えたかのように思えた。

「勘違い、かな？」

寸の間、赤手はそう思い込もうとした。

「いや、あたしは夢を見ているのかもしれない」

「子供というものは、あっという間に大きくなるものだし……」

色々つぶやいてもみた。しかし己をどう誤魔化してみても、首筋の毛は逆立っている。それを赤手は、止められなかったのだ。


元お江戸の地である銀座には、明治の今、西洋文明の窓口たる街並みがひろがっている。英吉利《イギリス》のリージェント・ストリートを模したと言われる、煉瓦《れんが》街だ。二階建て、煉瓦造りの街並みには、アーケードや街路樹、歩道まであり、つい二昔前まで、ここが江戸であった面影《おもかげ》など目に入らない。

そしてその街のど真ん中、四丁目交差点角地には、巡査派出所があった。

木造平屋建ての派出所は、銀座でかなり目立っている。立派な煉瓦造りの建物が並ぶ通りの中にあって、一見掘っ立て小屋のように見えてしまうからだ。

困ったことに、巡査派出所は実際、かなりぼろな小屋であった。ある日煙草《タバコ》商の赤手は、派出所の前まで来たものの、そのちんまりした建物の前で、ぼやき声を漏らした。

「ここを頼るしかないなんて。ああ、自分でも少し情けない」

しかし今、他に行ける先など思いつかない。仕方なく赤手が戸に手を掛けると、派出所の中から、巡査達の声が聞こえて来た。

「おや丁度、滝と原田の旦那がいたか」

派出所には数名の巡査達が勤務しており、日々交代で顔を出しているのだ。そして今日の当番は、牛鍋屋百木屋での常連仲間、滝と原田らしい。馴染《なじ》みの顔がいることに少し励まされ、赤手は中へと入った。

すると。

「おや、赤手さんじゃないか。なあ聞いてくれ。滝さんが酷《ひど》いことを言い出したんだ」

「へ？」

こちらに口を開く間も与えず、大きな声を出したのは、原田巡査であった。赤手が目を見張った向かいで、原田は同僚を睨《にら》んでいる。

「俺が、舶来っていう言葉が嫌いなのを、知ってるくせに！　なのに滝さんときたら、わざわざシユウクリームを作る道具は、舶来品の料理ストーブだと、そう言ったんだ！」

俺はあの菓子が好きなのに、これから〝舶来品〟なのが気になると、原田は怒っているのだ。

「シユウクリームで、揉《も》めてるんですか」

赤手は顳顬《こめかみ》に手をやった後、やんわりと原田の言葉を止めた。

「あー、そりゃ滝さんがいけない。ですが、ちょいと相談事があるんで、その話はまたの時に……」

すると今度は滝が、渋い表情を浮かべ、赤手の話を遮《さえぎ》る。

「赤手さん、俺は菓子のことを説明しただけだ。いいじゃないか」

原田が細かいことを気にしすぎなのだと、滝が突っぱねる。

「それに、舶来ってぇ言い方も、悪くないと思うが。何しろ、今様《いまよう》だ」

「俺が嫌いだと知ってるくせに、何でまた舶来、舶来と言うんだ！　鬱陶《うっとう》しい」

明治以後、確かに物事は日々新しくなっている。だが変わらない、いや、嫌でも変えられないものが、時の中には残っているのだ。原田が気合いを込め、江戸を語り始めたものだから、赤手が顔を顰《しか》める。

「ああ、まずいよ」

こうなると原田は、明日の朝まで江戸について話し続けかねない。赤手は慌てて口を挟んだ。

「確かにそうですがね。でも旦那方、頼むから少し、あたしの話を聞いてくれませんか。その……」

「やだ！　もっと話したい」

原田が子供のような返事をしたものだから、滝が笑い出す。

「今日の原田さんは、手に負えないや」

原田は大層良き人物である上、いつもは世渡り上手で、長いものにくるくる巻かれる。なのに時たま、怖いような笑みを浮かべ、不思議なほど頑固者になる日があるのだ。

「ま、そんな原田さんも、面白いですがね」

「滝の旦那、今、お願いです……」

「面白いとは何だ！」

原田が拳固を滝に見せるが、一見よりも剛胆な滝は、舌を出している。二人は、赤手の方を見もしなかった。

「面白いといやぁ滝さんの方こそ、大いに興味深い輩《やから》じゃないか。おいお前さん本当に、どこぞの御落胤《ごらくいん》じゃぁあ、ないのか？」

　整った見目形な上、滝は何だか浮世離れした性分だと、原田が指摘する。要するに原田の同僚は、およそ長屋で育ったようには見えないのだ。だが当人は、ただ笑っている。

「見た目で、生まれ育ちが決まる訳じゃないでしょう」

「分からんぞ。育ちの良いものは、おっとりしているもんだ。そして悪を成す者は、見目が良い。その美しさを、人を惑わす為に使うからだな」

その考えでいくと、滝は生まれが良いのにそれを誤魔化しているから、本性は大いに悪い奴なのだ。勝手に決めつけ、原田は頷《うなず》く。

「つまり滝はきっと……狐狸《こり》妖怪だな。ああ、世が明治になってしまい、夜が明るすぎるものだから、人に化けてるんだ。ほんの二十年で、この地から妖《あやかし》が消えていなくなるのは、おかしいと思ってた」

「馬鹿を言って」

滝が哀《あわ》れむように言ったものだから、原田がむっとした顔をし、寸の間話が途切れる。するとその時、泣き声が派出所の中に響いたのだ。

「おい、赤手さん。話を聞かなかったからって、何も泣くことはなかろう」

その甲高い声に驚いたのか、二人が言い争いを止《や》め、やっと赤手の方へ顔を向ける。そして……目を丸くした。

「赤手さん、あんた、子がいたのかい」

巡査派出所の中に、小さな女の子が現れていたのだ。赤手の背後に身を隠しつつ、その子はむずかるように泣いていた。

しかし、一つ息を吐いた赤手は、きっぱり首を振る。

「原田の旦那、ご冗談を。あたしは子供の前に、まず妻が欲しいくちですよ」

そんなことくらい、ようく知ってるじゃないかと言って、赤手は口を尖《とが》らせる。三人は随分前からの知り合いなのだ。

「この子、おきめちゃんと言います」

少し疲れたようにそう言うと、赤手は原田の腕をやんわり押し、椅子から立たせる。そしておきめを、代わりに座らせた。

「ちょっと、このおじちゃん達と、話があるからね。おきめちゃん、ここで大人しくしててな」

「お、おじちゃん達？　俺達は若いが」

その言葉を無視し、赤手は子供連れとなった訳を語り始める。

「今、神奈川の秦野《はだの》から、煙草を作ってる人が銀座に来てましてね。行きたいっていうんで、賑《にぎ》やかな浅草を案内したんですよ」

大事な商売相手であり、しかも厳しい男だという噂《うわさ》だったので、赤手は一日中気をつかった。まず、たいそうな人出の仲見世へ行き、それから、みかはや銘酒店へも寄って、速成ブランデーなどを一杯飲んだ。

「天気も良かったし、そのお客は楽しんでくれました」

赤手はほっとし、ではそろそろ帰ろうとなった時、その客の羽織の裾《すそ》を、小さな女の子が握りしめていたというのだ。周りに、親らしき者はいなかった。

「客人は狼狽《うろた》えて、誓ってこの幼い子の親じゃないと言いましてね。遠方の人だし、欠片《かけら》も似てなかったから、まあ本当でしょう」

子供に、名や親の事を聞いてみたが、おきめと自分の名を口にしただけで、どこの誰の子かとんと分からない。厳しいと噂の客は、子供には優しく、二人で近くに親がいないか捜し回ったが、見つからなかった。

それで二人は、一番近い巡査派出所を教えてもらい、女の子を連れていったのだ。

「一応、こっちの名も住所も書いて、後は子供を、巡査さん達にお願いしてきたんです」

客も赤手もほっとした。それから二人は銀座へ帰る為、一銭蒸気の船に乗り隅田川を下ったのだ。ところが。

「気がついたら、渡し場でこの女の子が、一緒に船から下りてきたんですよぉ」

「おや、くっ付いてきちまったか」

派出所の壁にもたれ掛かった原田と滝が、顔を見合わせ苦笑を浮かべている。

「やっぱり赤手さんの、子なんじゃないか」

原田がそう言い出したものだから、煙草屋はふてくされた表情になった。

「違いますよ！　原田の旦那はようく分かってて、そんな風に言うんだから始末が悪い」

「ははは、悪い、冗談だ」

秦野の知り合いは、さっさと帰ってしまった。仕方なく赤手が女の子を、再びこうして巡査派出所へ連れてきたという訳だ。

「赤手さん、おきめちゃんは迷子札を持っていなかったんですか？」

「あたしはこの子を、巡査派出所に預けただけなんで、何も調べちゃいないんです」

滝は黙って頷くと、おきめが着ている小花柄の着物の、襟《えり》や袖《そで》を探し始めた。すると、懐から口を紐《ひも》で絞った小袋が出てくる。

「おっ」皆の顔が寸の間明るくなったが、直《す》ぐに滝が、顰め面を浮かべる。

「あー、こりゃ中身は迷子札じゃないな。小さいものが、幾つか入ってるみたいだ」

滝が机の上で袋を逆さまにすると、堅い音がして、小さな粒がはねた。途端、赤手が片眉を吊《つ》り上げる。

「滝さん、そいつは本物ですかね」

「金剛石《こんごうせき》、ダイヤモンドに見えるが……」

小指の先ほどもある石が五つ、飾りのない派出所の机の上で、鋭い輝きを放っている。ブロオチや指輪になっていない裸石は、およそ幼子に似合うものではなかった。原田が笑いを含んだ声で、もう一度赤手に聞く。

「赤手さん、これでも己の子じゃないって言うかい？」

「ち、が、い、ますよ！　あたしは高直《こうじき》な宝石とも、縁などないです」

しかし、迷子がこんな高そうな宝石を持っていたと世間に知れたら、拙《まず》いかもしれない。赤手はそう言うと、大きく溜息《ためいき》をついた。

そもそもおきめは誰が見ても、器量良しな子であった。だからこの後、親と名乗る人物が現れても、きちんと調べた上でなくては、危なっかしくて引き渡せない。おきめなら女郎屋にでも売り飛ばせば、随分と良き金になるだろうからだ。

「その上、ダイヤモンドまで持っていたとは。旦那方、こりゃ親を自称する者が、山と現れるかも」

うん、参ったねえと言って、滝があははと笑っている。それから直ぐに黙ると、口元を少し歪《ゆが》めた。

「この子が大人だったら、宝石泥棒でもしたのかと、疑われたかもな」

煉瓦街でも何年か前に、宝石商からダイヤが奪われる騒ぎがあった。主《あるじ》夫婦二人が強盗に襲われ、亡くなったのだ。

「あれは酷い死に方をしてた」

老夫婦はのど笛を切り裂かれ、血にまみれて倒れていた。赤手もその騒ぎは覚えている。

「大きな宝石が、幾つも消えたんですよね。おお、ひょっとしたらこの子の親が、強盗なのかな」

そして、まさか子供が持っているとは思われないだろうと、小袋に入れ、おきめの着物に隠したのだろうか。

だが原田は、裸石を見つつ首を振る。

「強盗ならこんな歳の子の懐に、ぽんと宝石を入れたりしないさ。どこかで落としかねん」

しかし、これじゃ調べが大変だと、原田は渋い表情を浮かべている。すると滝が、宝石の事より、もっと厄介事があると言い出した。

「子供は迷子です。で、今夜この子、どうしたらいいのかな」

「役所に連れて行くべきでは？」

「赤手さん、もう夕刻です。この刻限じゃ、役人達は早々に家へ帰ってますよ」

一日二交代でこき使われているのは、巡査など少ない立場の者だけだ。

「ああ、そうか。拙いなぁ……」

「赤手さん、巡査派出所には、幼子を泊める場所など無いぞ」

原田が急ぎ、その事を念押ししてくる。そして巡査には職務があるゆえ、夜ずっと迷子の親捜しをする訳にもいかないと、しっかり付け足してきた。

「じゃあ今晩、おきめちゃんをどうしたらいいんです？」

赤手が困って問う。すると二人の巡査が己の方を見ていたので、急ぎ両の手を振った。

「あたしは男の一人暮らし。こんな幼い子の面倒をみるのは、無理ですよ」

自分の為の食事とて、外で食べるか、出来合を買うかが多いのだ。すると食事と聞いた為か、おきめが赤手の手を引っ張った。

「お腹がすいた」

「こりゃいけない。さて小さな子供は、何をどれくらい食べるのかな」

それすら分からない赤手は、両の眉尻を下げる。横で滝が、小さく笑った。

「なに、もう大人と変わらないものを、食べられるだろうさ」

いつもと同じ夕餉《ゆうげ》を、少し少なめに食べさせたらどうかと、原田が言ってくる。すると赤手は、一、二度目をしばたたかせた。

「いつもの夕餉？」

ここで赤手は急に、にこりと笑みを浮かべたのだ。そして今から、おきめと一緒に夕餉を食べに行くと言い出した。

「という訳で旦那方、そのダイヤモンドは、こちらで預かって下さい」

そんな高直なもの、己ではとても持ち歩けないからと言うと、仕方ないなと言い、原田が頷いている。子供に何を食べさせるのかと問われ、赤手は馴染みの店の名を口にした。

途端、巡査二人の顔が明るくなる。

「おお、美味《うま》い夕餉が食べられそうじゃないか。あそこなら間違いない」

「ついでに、頼る先も出来そうだな」

赤手は頷くと、おきめが腹を空かせ泣き出さぬ内にと、急ぎ手を引いて巡査派出所を出た。煉瓦街では早くもアーク灯がつき始め、街を一層他の国のように見せていた。

2

「赤手さん、うちで飯を食うのはいい。だが、ついでにこのおきめちゃんを、百木屋で預かってくれとは、どういう了見だ」

牛鍋屋百木屋の台所で、包丁を持った店の主に問われ、赤手は引きつった笑みを浮かべていた。

百木屋は、銀座四丁目の交差点から、道一本三丁目の方へ行き、細い道へ折れ、更に二回ばかり道を曲がった先にある。一階に台所と大きな一間、二階に小部屋が二間の牛鍋屋は、窓に色ガラスがはまっていたりして、モダンな雰囲気を漂わせていた。

「だってさ百賢さん、百木屋の飯は美味いから。だから今日も食べに来たんだよ」

「うちの牛鍋が上等だってことは、分かってる」

主はきっぱりと言った。

「だが鍋料理を売るついでに、幼子を預かる商いはしてないぞ」

百賢が怖い表情を浮かべると、赤手は拝むようにして言った。

「この店ならさ、おきめちゃんはおいしいものを食べられる。その上、みなもさんの妹、みずはさんという優しい人もいる。だから頼ったんだ」

つまり寝場所もない派出所や、飯の支度の出来ない赤手の所より、百木屋の方が、おきめが過ごしやすいと思ったのだ。だが突然迷子を押しつけられた百賢は、おきめを台所の端、畳の縁に座らせた後、赤手に怒った顔を近づけてくる。

「あのなぁ、一晩なら、誰か知り合いの女の家に頼めよ」

ところが百賢の言葉は、途切れて消えた。赤手が百賢の耳元に顔を近づけると、おきめが大きなダイヤモンドを、五つも持っていたと告げたからだ。

「ダイヤモンド……本物かい？」

百賢がつい、声を大きくする。「し、しーっ」赤手が慌てて口を塞《ふさ》ぐ。

「石は原田巡査に預かってもらってますが、間違いなくダイヤのようです。だからな百賢さん、滅多な所にこのおきめちゃんを、預けられないんですよ」

宝石欲しさに、よからぬ考えを持つ者が、いないとは限らない。よって明日役所が開くまでの間、ここに置いてくれと言われ、百賢が肉切り包丁を手にしたまま、大きく息を吐いた。

「おい、おい、おい！　俺だってダイヤモンドは欲しいぞ」

そのダイヤモンドを売れば、きっと百木屋の入っている店を買い取ったり、建て替えたり出来るに違いない。百賢の人生すら、変わるかもしれない財産であった。

しかし、ここで赤手が笑いつつ、あっさり言う。

「でも百賢さんなら、子供からダイヤを奪おうとはしない。だから安心して、おきめちゃんを預けられるって訳だ」

「勝手を言って」

「でもねえ、事実だし。巡査さん達も、百賢さんなら間違いないって言ってたよ。凄《すご》いんじゃない」

赤手がつくづく言い、断りづらくなってきた百賢が、肩を落とす。

だが、しかし。

たとえ主の百賢が、煉瓦街一のお人好《ひとよ》しだとしても、百木屋に問題が無い訳ではなかった。ダイヤモンドという言葉を聞いて、その石のごとく、目を輝かせている者達がいたのだ。牛鍋を食べている、百木屋の客達であった。

何しろ客達のいる場所と、百賢が肉をさばいている台所は隣り合っていて、客の注文が聞こえる程しか、離れていない。つまり今、赤手と百賢が喋《しゃべ》っている話も、しっかり客達に聞こえてしまっていた。

「素敵なダイヤモンド、見たいねえ」

程なく客間から、欲に満ちた声がざわざわと上がり始める。すると赤手がそちらへ顔を向け、ぺろっと舌を出した。

「客人方、見ない方が身のためだと思いますがねぇ。もしこの先ダイヤが無くなったら、石を見た御仁《ごじん》は真っ先に疑われますよ。巡査さん達は暇そうだったから、牢屋《ろうや》にぶち込む人が欲しいんじゃないかな」

客らは一瞬で黙り込み、またせっせと牛鍋をつつき始める。百賢が口元を歪め、今度は声を潜めて言った。

「赤手さん、この話は噂になるよ。止めても無駄だ。何しろ高価なダイヤとかわいい女の子が、関わってるんだから」

「そうなんだよなぁ。大事になりそうな気配なんです」

でもと言って、赤手は息を吐いた。どのみち、おきめの親を捜そうと思ったら、器量良しのおきめに似ているかどうかを、確かめるしかない。親と思われる者が、ダイヤモンドを購《あがな》える人物か、そして以前宝石を買っているかどうか調べたら、ここにいる客達が噂しなくとも、やはり話は広まるだろう。

「誰だって、高いダイヤは好きだからねえ」

百賢が大きく頷いた、その時であった。

店の勝手口から、ただいまと明るい声が聞こえて来たのだ。すると百賢は、ダイヤの話も包丁も放り出し、声の方へ飛んでゆく。そして、女学生の妹が無事帰ってきたのを確認すると、大きく安堵《あんど》の表情を浮かべた。

「おお、みずは、お帰り。大丈夫だったか？　危ないことは無かったか？」

「何も無かったわよ、兄さん」

百賢が妹を心配すること、並ではなかった。元々心配性な上に、先だってもう一人の妹みなもが、突然行方知れずになったからだ。

姉のみなもを捜す為、親元の家から出てきたみずはは、一つ違いのみなもに、それはそれは、驚く程似た娘であった。ただ、みずはには泣きぼくろがあって、姉よりも儚《はかな》い感じがすると、常連客達が噂をしている。

みずははいつものように、店の奥へと行こうとして、ふと足を止めた。台所の端に、おきめの姿を見つけたのだ。

「あら、小さなお客さんがいるのね」

「その……一晩預かることになった子でね」

百賢の口から、渋々その言葉が押し出されると、赤手は、あからさまにほっとした表情を浮かべる。みずはは「まあ」と言った後、なら自分と一緒に、奥で夕餉を食べましょうと、おきめへ優しく声をかける。手を差し出すと、おきめが畳の縁からぴょんと降りた。

赤手がみずはへ、大きく頭を下げる。

「ああ」

「助かった。じゃあ百賢さん、あたしは店の方で、牛鍋を頂いていきます」

だが、台所から畳敷きの一間に上がろうとした赤手の足が、突然止まった。口から、

「へっ？」という言葉が漏れ出る。

「おきめちゃん……？」

同じく、妹とおきめを見た百賢の顔にも、訝《いぶか》しさが浮かんだ。

「おんや、あの女の子、あんなに大きかったっけか？」

百賢が、首を傾《かし》げている。赤手は目を見開き、瞬《まばた》きも出来ないでつぶやいた。

「何なんだ？　あたしが浅草で見つけた子は、三つくらいに見えたのに」

見間違いだろうかとつぶやく。白昼夢を見ているのか。子供は、大きくなるのが早いものだが……。

（でも、まさか）

みずはが奥へ伴っていく子は、どう見ても、小学校尋常科へ行っているような年頃、六つほどに見えた。しかし先刻まで、確かに幼子に見えていたのだ。

（一瞬のうちに、三年も年長の子供にすり替わったみたいだ）

そんな不可思議な光景であった。

「でも、あの子は……おきめちゃんだよな」

似た他人には見えなかった。大きくなってはいても、おきめはおきめ、間違いようが無かったのだ。

「いやその……」

言葉に詰まる。

「ああきっと、妙に小さい子だと、あたしは思い込んでいたのかも」

己の声が震えているのが分かる。

「そう……だよな。多分浅草にいた時から、そろそろ小学校へ、あがるくらいの歳だったに違いない」

見間違いでなければ、こちらの頭がいかれたのかもしれない。人に話せば、そう言われそうな出来事であった。

「ああ、おきめちゃんは、最初から六つくらいだったんだ。そうでなけりゃ、おかしい！」

百賢が不思議そうな顔をしている横で、赤手は急ぎ畳の間に上がると、真っ先に酒を注文した。そしていつになく、せっせと酒を喉に流し込んだのだ。

3

翌日の事。

赤手は巡査派出所へ寄り、当番の巡査に、おきめの様子を見てくると伝言してから、百木屋へと向かった。するとまたもや、呆然《ぼうぜん》とする事になってしまった。

開店前の百木屋の台所で、おきめは元気な様子で椅子に腰を掛けていた。そしてその横で、百賢が立ち尽くしていたのだ。

「昨日預かった女の子は、小学校にあがったばかりの年齢に思えたのに」

いや、ついさっきまではそうだったと、百賢の声はかすれ気味だ。

「でも今のおきめちゃんは、どう見ても十くらいに見えるんだが……」

そう言いつつ、顔を強《こわ》ばらせている。

「けどこの子は間違いなく、おきめちゃんだ。ああ、違いない」

「うん……急に大きくなっても、ちゃんと当人だと分かるから、凄いな」

赤手は今日も妙なところで感心している。昨日一度、不可思議な事を見たせいか、一日で七つ程も大きくなった女の子を見ても、百賢より落ち着いていることが出来た。

(やっぱりというか、昨日突然、三つも大きくなったように思えたのは、見間違いじゃ無かったんだ)

ここで百賢が、顰め面を赤手に向けてくる。

「おい赤手さん。こりゃどういうことだ。どうしてこんなことが起きるんだ?」

そんなことを言われても、赤手にも訳は分からない。すると百賢は、これ以上、おきめを百木屋には置けないと言い始めた。

「振り向いた途端、でかくなっている子供がいてみろ。百木屋から、客が逃げちまうわ」

突然の言葉に困り、赤手は百賢を拝んで、頭を下げる。

「ええと、これから大急ぎで親を捜すから。だから百賢さん、もうちょっと、おきめちゃんを預かっててくれ」

とにかく、他に当てもないからと頼み込む。急に大きくなったとはいえ、おきめがまだ子供であることは確かなのだ。

「無理だって!」

「百賢さん、じゃ、おきめちゃんを、どこへ移せっていうんだ?」

器量が良く、ダイヤモンドを持ち、しかも気がつくと大きくなっている子供なのだ。

「そういう子を、他のどこへ預けろって？」

赤手が開き直ると、百賢が一寸《ちょっと》言葉に詰まり、顔が真っ赤になる。

だが、そうして二人が言い合っている間に、事は進んでいた。不可思議とダイヤモンドを背負った子は、百木屋へ早々に、騒動を連れてきてしまったのだ。

とんとんという戸を叩《たた》く音と共に、その困り事は始まった。二人はとにかく黙ると、百賢が戸の向こうへ低い声をかける。

「済みません、まだ開店前ですよ」

「あのぉ、こちらで我が子が、お世話になっていると聞きまして」

一瞬、二人が顔を見合わせた。しかも表からの声は、一つだけではなかったのだ。

「いや、子供の親は、この私です」

「あら、あたしが母親ですよぅ」

どこから噂を聞いたのか、おきめの親を名乗る者達が、店へ押しかけてきた。

「ダイヤモンドのせいか？」

百賢は、どう対応していいのか分からないようで、立ちすくんでしまう。仕方なく、急ぎおきめを店奥へ隠すよう頼んでから、赤手が〝自称親達〟に会うため、店の外へと出た。

「おやま」

思わず声が漏れ出たのは、親と名乗る者が五人もいたからだ。全員が親である筈《はず》もなく、思わず一つ息を吐いた赤手の口から、いささか意地の悪い質問が出る。

「皆さん、居なくなった子を捜しているんだね？　なら、迷子の歳を教えてくれないか。親ならば、己の子の歳くらい分かってるよな」

すると、全員が六つか七つと答えたのは、昨日の夜、店でおきめが姿を見られていたからだろう。だが赤手は、首を横に振った。

「子供は十だ。全員、親ではないな」

「そんな」

「我が子の歳を間違える者がいるもんか。文句を言うなら、派出所の原田さんを呼ぶぞ」

赤手がきっぱりはねつけると、五人の自称親は、存外簡単に引き下がってゆく。うまくダイヤモンドが手に入れば幸運という、軽い気持ちで集まった者達なのだろう。

「やはりというか、実の親は現れなかったみたいだな」

一旦店内に戻り、赤手が溜息をつくと、おきめを奥の部屋へ連れて行った百賢が、一人戻ってくる。そして赤手に、厳しい表情を向けたのだ。

「おきめちゃんは振り向いた途端、大きくなっているような子だ。つまり尋常じゃない。本当の親は、明日になっても来月になっても、現れないんじゃないか？」

百賢は赤手に、その場合、何とするのかを問うてくる。赤手は必死に、知恵を振り絞ることになった。

「とにかく、いきなり大きくなるのを、見られるのは拙いですよね」

百賢と力を合わせ、子が大人になるまで、どこぞにかくまうしかなかろう。だがその言葉を聞くと、百賢の眉尻が下がった。

「おい、俺も手を貸すのか？」

「百賢さん、子供を見捨てるんですか？」

お人好しの牛鍋屋が頭を抱えた。するとその時、表からまた声がかかったのだ。

「百木屋さん、こちらに子供が預けられていると、聞いたんですが」

赤手が、うんざりとした小声を出す。

「おやまた、自称親かね」

今度は己が応対しようと、百賢が店の戸を開ける。すると壮年の男が、百賢の手をかいくぐるようにして、店の中へ駆け込んできたのだ。

「おい、勝手なことをして」

赤手が声を堅くした時、男はどこで聞いたのか、おきめの名を呼ぶ。すると、おきめが奥から出てきてしまい、男はその小さな手を取ると、優しそうに話しかけたのだ。

「おお、おお、ここにいたのか。おきめ、お父さんだよ」

器量良しの子供は、目を見開いた。

「……おとう、さん？」

「おい、お前さん誰なんだ？」

六人目の〝親〟の言葉など、さっぱり信用していない様子で、百賢が口元をひん曲げている。それから一歩前に出ると、ちょいと厳しい表情を作ってから男の肩へ手を掛けた。

「勝手に店内に入ってきたんだ。早く答えろや」

巡査を呼ばれたいのかと、百賢が珍しく凄むと、男が慌てて振り返る。五十は過ぎていると思われる男は、愛想の良い様子で、百賢と赤手に名乗った。

「手前は、丸加根《まるかね》と申します。深川の方で、金貸しをしております」

この銀座には知り合いがおり、時々来ているのだと丸加根は言った。

「つまりその、煉瓦街の裏手に、馴染みの女を住まわせておりましたんで」

ところが先日、その女が別の若い相手を見つけ、丸加根が貸し与えていた家から、出て行ってしまったのだという。

「女の事は、そういう縁だったかと、仕方なく思いました。しかしですね。手前が心配したのは、女が生んだ自分の子のことでして」

女が連れて行ったと聞いていた。

「おなごが相手の男と夫婦になり、他所《よそ》へ行ったと聞いてました。子供共々幸せに暮らしているのなら、そっとしておこうと思っておりました。ですが」

丸加根と、きちんとした話し合いもせず、突然女と逃げた相手のことは、信用出来ないではないか。子が捨てられていないか、殴られたりしていないか知りたくて、丸加根は己の子を捜していたところだと話す。

「それが無事、こうして巡り会えまして、ようございました」

堂々と言われ、赤手と百賢は顔を見合わせた。

大男でごつい丸加根は、花のように綺麗《きれい》なおきめと、全く似ていなかった。だが、問題は見た目のことでは無い。おきめは今、十程に見えるから、本当に丸加根に子がいた場合、その子も十程だと思われる。

しかしおきめは昨日まで、三つにしか見えなかったのだ。

(こりゃ、間違いなく親子じゃないな)

だが、そんな奇妙な話を語ったら、ダイヤ惜しさに、嘘《うそ》でもついていると思われかねない。赤手は困って、とにかく丸加根に問うた。

「おきめちゃんがこの百木屋にいると、誰かから聞いたんですか？」

「ええ、この店に迷子がいると、教えてくれた人がいたんですよ」

誠に有り難い事だったと、丸加根は笑顔で言う。

「ということは、だな。丸加根さん、あんたダイヤモンドの話も、聞いたんじゃないか?」

迷子が、高直な石を持っているというので、朝から自称〝親〟が、既に何人も百木屋に来ているのだ。すると丸加根は、大いに驚いた表情を作った。

「手前は自分の子を、探しに来ただけなんですよ。そのダイヤモンドは、手前が女に贈ったものでございましょう」

きっとおきめは、男と逃げた母に捨てられたのだと、丸加根は話し出す。しかし、幼子一人を放り出すことに、気が引けたのだろう。丸加根が贈った高直な石を、女は子供に持たせたのだ。

「少しは我が子を、可哀想《かわいそう》だと思ったのですね」

丸加根は、とにかくこうして我が子と巡り会えたのだから、直ぐにおきめを引き取りたいと言い出した。するとおきめの手を握ろうとした五十男の手を、横から赤手がぐいと摑《つか》む。丸加根は、その手を振りほどけなかった。

「言ったでしょう。朝からこの百木屋には、沢山の、おきめちゃんの親が来ているんですよ」

実の親が、そんなに沢山いる訳がない。つまり多くが、噂に聞いたダイヤモンド欲しさに、おきめを引き取りにきたのだ。

「あんたもその類の一人じゃないことを、証明出来るものはないですかね？」

そういう品を出すことが出来れば、己は安心して、丸加根におきめを託すことが出来る。いや是非託したいので、証拠を出してくれと、赤手は頼むように丸加根へ言った。

「例えば、一緒に写ってる写真とか。おきめちゃんが書いた手紙でもいい。筆跡を見る事が出来ますからね」

「いや、急にそう言われましても」

何しろおきめの母親とは、一緒に暮らしてはいなかったのだと、金貸しは言う。だから家族で写真を撮った事はないし、文のやりとりもしていない。

しかし、だ。

「手前は金貸しでございましてね。こう言っちゃなんですが、裕福でございます」

ダイヤモンド目当てに、子を引き取ったりはしませんと、きっぱり言う。しかし、赤手の返答はそっけなかった。

「金持ちほど、金に細かいとも言いますけどね」

「おや、知りませんな」

言い負けない丸加根の方を、おきめはじっと見つめ続けている。その内おずおずと、しかし驚く程真剣に、必死に問うてきた。

「おとっつぁんなの？　本当に、あたしのおとっつぁんなの？」

昨日まで幼子であったおきめは、父の顔を覚えていない様子であった。だからこうして父親だと言われ、手を握られると、信じたくなるのだろう。

「あたしのこと、好き？　側に居てくれるの？　本当に、そう？　ずっと？」

おきめは丸加根に、何度も何度も、己から離れないでくれるのかと、繰り返し尋ねた。するとと丸加根は、食い入るような目で己を見てくるおきめの肩を、優しく抱いたのだ。

「ああ、勿論《もちろん》一緒にいるとも。約束だ。おきめが大切なんだよ」

途端子供は、ダイヤモンドを見た時にも浮かべなかったような、それはそれは嬉《うれ》しげな笑みを浮かべたのだ。そして赤手達に、はっきりと言った。

「きっと、この人がおとっつぁん。あたし、おとっつぁんと行く。ううん、お家《うち》に帰る」

「おお、おお、そうかい、おきめ。おとっつぁんは、嬉しいよ」

子供に父だと断言されては、丸加根を退《しりぞ》ける訳にもいかない。おきめの言葉を聞き、ぐっと強気になった自称父親の前で、赤手と百賢は顔を見合わせた。

すると赤手達の言葉も待たず、丸加根がおきめの手を取る。それから赤手へ、手のひらを突き出してきたのだ。

「おきめのダイヤモンド、返して下さいまし」

「何より先に言うことが、それか！」

赤手は子供の前で、つい拳を握りしめた。今や薄笑いすら浮かべている丸加根を殴りたい気持ちを、必死に押さえていた。

4

「おや、じゃ、その丸加根さんとやらを、殴らなかったのか。つまり、おきめちゃんをそのまま、引き取らせたのかい？」

おきめが百木屋を去った少し後のこと。店へ様子を見に来た巡査二人に委細を話すと、原田が眉をぐっと吊り上げ、怖い表情で赤手を見た。どうやら今日の原田は、頑固でちょいと不思議な感じのする、手に負えない時の原田であるようだ。

赤手は、未《いま》だ開店していない店の座敷に座り込み、溜息をついた。

「昨日、旦那達と別れてから、本当にあれこれ、あったんですよ」

赤手は百木屋に来たおきめが、急に大きくなった件から、まず話し出した。

「は？　三つだった子供が、突然六つになり、その後、十になった？」

原田と滝は目を半眼にし、勿論そんな言葉は、信用など出来ない様子だ。赤手だけの言葉であったら、原田に拳固《く》を喰らっていたかもしれない。

だが、台所に立っていた百賢も、強ばった顔で同じ事を言ったから、巡査達の態度が変わってゆく。二人は半信半疑の様子ながら、赤手の話を真面目に聞き始めた。

「で、ダイヤモンドのことで、我らは自称父親の丸加根さんと、話してました。その時に、ですね」

突然また、おきめが大きくなったのだ。

「おや、まぁ」

巡査達の顔が、わずかに強ばる。

ほんの一瞬の出来事であった。百木屋の台所で、丸加根や赤手達の横に居たおきめは、男達の総身を強ばらせることになった。十位であった筈が、十三には見えるようになっていたのだ。

「さすがに、それを見た丸加根さんが、黙り込んだんですよ」

大きくなったおきめは、子供というより、大人の娘に近づいていた。その差が分からない筈がなく、赤手は丸加根が怖がって、その場から遁走《とんそう》するのではないかと思ったという。

ところが。

「丸加根さんはね、逃げる代わりに、大きくなったおきめちゃんに、見とれてたんです」

「おや」

　巡査達が顔を見合わせ、それからにやっと笑った。

「そりゃまた、分かりやすいというか。本当に、余程綺麗になっていたんだろうな」

　滝が笑うと、原田が口元を歪める。

「で、どうなった？　おお、その丸加根という金貸し、そんな事が目の前で起こったのに、まだおきめちゃんを引き取ると言ったのか」

　原田と滝が、興味津々といった表情になり、百賢が口をへの字にする。

「何しろ大きくなったおきめちゃんは、天女みたいな娘さんになってたんだ。うちのみずはと競う程っていうか、紅い牡丹《ぼたん》の花が一気に開いたかのようだった」

　正直に言うと、その美しさを目の当たりにして、赤手と百賢は一層心配したのだ。何年もしない内に、嫁に行こうかという年頃の娘を、自称父親が引き取ろうとしている。そしてどう考えても、二人に血のつながりは無かったのだから。

　しかもおきめは、並の者とは、大きくなる速さが違う。もしかしたら今夜にでも、一人前の娘になるかもしれなかった。

「一体、あの子は誰なんだ？」

　赤手の言葉はつぶやきに近く、百賢も巡査達も、確たる答えを持たない。

　どんどん育ってしまう不思議な子供。この先どうする事が、おきめの為になるのか、赤手達には分からなくなったのだ。

「あたしと百賢さんは頭を抱えた。それで、巡査さん達に相談しようと思ったんですよ。だからとにかく今日は帰ってくれって、丸加根さんに言ったんだが」

多分この調子なら、一日間があけば、おきめはもっと大きくなるのではと思われた。そしてじきに、子供ではなくなる筈だ。

「そうなれば、探すのは親じゃなくて、仕事という話に出来るからねえ」

だが丸加根は、おきめが己を父だと言ったのだから、自分達は家族なのだと言い張り、引かなかった。

「でも……でもそうだな、今はダイヤが無いから」

そこで百賢が、必死に丸加根を深川へ帰そうと試みた。

「ダイヤは、巡査派出所に預けてあるそうだ。丸加根さん、今日、あんたに渡す事は出来ない。だから、一人で帰ってくれないか」

なあ、そうだろうと話を振られた赤手は、重々しく頷く。

「何しろ、ダイヤを預かってもらった相手は、警察です。意味、分かりますよね?」

丸加根がおきめの父親として、ダイヤモンドを受け取ろうとするなら、警察は親子であると証明出来るものを、求めてくるだろう。

「丸加根さん、さっき、そういうものは持って無いって言いましたよね? なら一度、深川の家へ取りに戻ってください」

そして……本当におきめの父親だと言うのなら、改めて証人なり、証拠の品なりを携え、銀座に来るべきなのだ。

「誰がこの子の本当の身内なのか。たまたま縁のあったあたしらは、きちんと調べなきゃならないんです」

おきめの将来と、高直なダイヤがかかった話だ。皆、慎重になる。ならざるをえない。

とにかく赤手はそう話を運んで、おきめを自分の横に引き寄せる。丸加根は段々不機嫌になってゆく。

「綺麗な若い娘とダイヤは、簡単には渡せないって事か」

その理屈は分かったのだろう、丸加根は、苦虫を嚙《か》みつぶしたような表情を浮かべた。

その後、赤手の後ろに立つおきめを見て、首を振る。

「おきめちゃんは……おきめは、ここに残る方がいいのかい？」

「丸加根さん、あたしは何一つ、おかしな事は言ってない！」

情を絡め、己の良いように事を運ぼうとしないでくれと、赤手が言う。すると、酷く残念そうな表情を浮かべた後、丸加根は一歩、百木屋の戸口の方へと足を踏み出した。

赤手は心底ほっとして、百木屋の天井へ目を向けたのだ。

「あたしも百賢さんも、やれ、その場は何とか収まったと思いました」

ところが。

「ひゃあっ」

安心した途端、目の前が突然真っ赤になって、赤手は大きな悲鳴を上げたのだ。その赤が、目に入ってきた己の血だと分かり、冗談ではなく目眩《めまい》がして、部屋の壁際に座り込む。

生え際の辺りの額が一寸ほど、ぱくりと切れ、血が噴き出していたのだ。頭に怪我《けが》をすると、割と小さな傷口であっても、驚く程出血する事が多い。赤手が顔半分を真っ赤にして立ち上がれずにいると、「おいっ」と、引きつった声を出した百賢が、手ぬぐいを持って駆け寄ってきた。

「おい、赤手さん。いきなり血まみれになって、どうしたんだっ」

「そんなこと言われても……あたしにもさっぱり訳が分からないですよぉ」

とにかく怪我を負ったのは事実で、傷口を押さえろと言われ、赤手は大人しく壁にもたれ掛かったまま、手ぬぐいを額の際に当てた。

もう一枚の手ぬぐいで顔から血を拭うと、やっと、明るいいつもの風景が戻ってくる。目の端に、綺麗なおきめの顔が見えた。

(今、あたしの一番近くにいたのは……おきめちゃんだよな)

勿論、赤手はおきめが何かしたと、言ったりはしなかった。手に物騒な刃物を持っていた訳で無し、おきめはただ、近い場所にいただけなのだから。

(だけど、ね)

赤手へ手が届く場所に、他には誰もいはしなかったのだ。赤手は己の血で真っ赤に染まっている手ぬぐいを、握りしめる。

(おきめちゃんは……誰なんだ)

美しい子供であった。寸の間の内に、すり替えられたかのように、大きくなっていく子供であった。

(いや、もう子供とは呼べないか)

随分背が高くなったおきめは、丈が短くなった着物から、にゅっと足を突き出し、牛鍋屋の台所に立っている。その様子は何やら並とは外れていて、おきめが綺麗なだけに、酷く心を捕らえて離さないものがあった。

ふと、その顔が赤手の方を向き、おきめの目が、赤手の眼差《まなざ》しを捕らえる。座っている尻の方から、ひんやりとしたものが背を這《は》い上った。

(今、立ち上がって、おきめちゃんの側へ寄ったら、どうなるかな)

そんな考えが浮かんだ途端、総身をまた寒けが突き抜ける。ぞくぞくとした。それは根拠のない、酷く恐ろしい感覚であった。

おきめは、丸加根と行く事を赤手達に止められたのが、嫌だったのではないだろうか。いきなり大きくなってゆく己に、赤手達がつい向けてしまう視線が、辛《つら》くなったのかもしれない。

それを受け続けるくらいなら、突然現れた保護者に、付いて行った方がましだ。おきめがそう思ったとしても、不思議ではない。

(今また、おきめちゃんを止めにかかったら……今度は首を切られたりして、ね)

真っ赤な血が喉から噴き出し、その時己は、二度と立ち上がる事など出来なくなるのだろう。手ぬぐいから昇る血の臭いの中、赤手はおきめから目が離せなくなる。

するとその時、おきめが赤手達二人の方を向いた。そしてゆっくり口を開く。

「あの、赤手さん達があたしの事を、心配して下さっているのは分かります」

おきめは、大人に近い見てくれにふさわしい、口をきくようになっていた。

「でもあたし、父と帰ります。このまま自分が、どこの誰とも分からないのは、不安なんです」

おきめは丸加根に、もう一度、本当に自分と一緒にいてくれるのかを問うた。すると金貸しは、おきめを見つめ……その姿から、もう目が離せないとでもいうように、ただただ凝視して言う。

「あ、ああ。そうだよ、私がお前を守る者だ。ずっと、側にいてあげるよ」

「本当? 約束よ。破らないでね」

「ああ……大丈夫」

決して約束を違《たが》えはしないと、丸加根はおきめを見つつ口にする。まるで、そう、まるで、命を賭けた証文でも書いているかのように、厳かな口調であった。とても、ダイヤモンド目当てに現れた、高利貸しの言葉とは思えない。

するとおきめは目を見開き、寸の間、泣きそうな表情を浮かべたのだ。それから直ぐに、艶《あで》やかな笑みを浮かべると、丸加根の腕を取る。

二人はそのまま、百木屋から出て行った。すると、まだ納得出来なかったのか、百賢は思わず止めようと、手を二人に伸ばしかける。

だが。

その百賢の腕を、赤手が己の血にまみれた手で掴んだ。止めたのだ。赤手は百賢の目を覗《のぞ》き込み、小さな声で問う。

「おきめちゃんは……誰なんだと思う？」

呆然とした百賢の眼差しが、友の眼差しと絡んだ後、そっとおきめの方を向く。百賢の足は、止まっていた。

その間に、不可思議なおきめと金貸しの丸加根は、百木屋から離れていった。

「二人は、銀座の街並みの中へ、じきに姿を消してしまいました」

赤手は巡査達へ、おきめが百木屋から去った次第を、こう語ったのだった。行かせて良かったのか、おきめがこれから幸せになるかどうかは、今でも分からない。

しかし、ただ見送るしかなかったことだけは、確かであった。

原田と滝は黙り込んだまま、小さく息を吐いた。

5

それから十日も経った、ある日の事。昼餉《ひるげ》を食べていた赤手は、百木屋で久々に、馴染みの巡査二人と出会った。

すると原田が、随分と人なつっこい顔をして、己からおきめの話を振ってきたのだ。

原田はおきめが百木屋から去った後、不思議な子供の事には、興味を失ったかのようであった。そしてただ生真面目に、派出所勤務をしていたのだ。

ところが今日、牛鍋を前にした原田は、急に考えを変えたようであった。

「おお、赤手さん。実は、丸加根さんのことを、深川の巡査仲間に聞いてみたんだがね。あの男、筋金の入った強突《ごうつく》というか、そのぉ、嫌になるくらい繁盛している金貸しだった」

牛鍋を注文してから、原田は赤手の横へと陣取る。そして己は、おきめを引き取った丸加根のことが、ずっと気に掛かっていたと言い出した。その隣に座った滝が、呆《あき》れた声を出す。

「原田さん、本気で言ってるんですか？　もう十日も、懐の小袋をうっちゃっておいたくせに」

その小袋の中身、ダイヤモンドは、おきめちゃんのものでしょうと滝が言う。原田は赤手の方を見て、にやっと笑った。

「ああ、そうなんだよなぁ。これ、物が物だけに、このまま忘れる訳には、いかないだろうねえ」

あの日丸加根は驚いたことに、ダイヤのことを放り出し、ただおきめだけを連れ、逃げるように深川へ帰ってしまっていた。

「意外な話でしたね」

滝の言葉に原田が頷く。それから、丸加根が今どうしているのか、深川の巡査から聞いたといって、ひょいと二人に語り始めた。

「そいつによると、だ。金貸しの丸加根さんは最近、若い嫁さんを貰ったそうだ」

「よ、め、さ、ん？」

滝と赤手、それに牛鍋を持ってきた百賢の声が揃《そろ》う。客達の視線が集まる中で、原田はにたっと、怖いような笑いを浮かべた。

「何でも、周りの者達が驚く程、綺麗な嫁さんだそうだ」

いい歳をした男が、飛びきり美しい嫁を貰ったものだから、金の力は偉大だと、やっかみ半分の噂が深川で飛び交っているという。滝が牛鍋を食べつつ頷いた。

「そりゃ、間違いなくおきめちゃんですね。やれやれ、やっぱり娘とはせず、妻にしたんだ」

滝は口元をひん曲げたものの、それ以上の悪口は言わなかった。

「でも、丸加根さんはおきめちゃんを、妾《めかけ》でなく、きちんと妻にしたんですね」

あれだけ出自の分からない娘を、よく戸籍に載せる事が可能だったなと、滝は変な感心をしている。

「どこの誰だか、はっきりしないでしょうに」

「戸籍なんぞ、十数年前にやっと、ちゃんとしたものが出来たばかりの制度じゃないか。なぁに、まだ幾らでも抜け道はあろうさ」

原田が笑う。

「嫁さんは酷く田舎の出だとかで、丸加根さんは、近くに実家が無いのも、可哀想だと思ったらしい。よって知り合いを仮親に立て、その男の家の娘として嫁入りさせたという話だ」

「おお、そうやったんですか」

とにかく、二人が夫婦となったからには、預かっているダイヤモンドも、彼らの財産として返さねば拙いだろう。

「今宵《こよい》あたり深川を訪ねて、渡しておくよ」

するとと滝がにこりとして、己もついて行くと言い出した。

「おきめちゃんがどんなに綺麗になったか、見ておきたいんで」

「おいおい、物見高いなぁ」

原田は苦笑し、まあ自分も、おきめが無理矢理妻とされたのではないか、その点だけは確かめるつもりだと話した。

すると横から、今度は赤手まで同道したいと口にする。赤手は是非、おきめに話しておきたい事が出来たのだ。

「おい、人の美人の嫁さんに、ちょっかいを出しちゃ駄目だぞ」

原田に笑いながら釘《くぎ》を刺され、赤手は牛鍋を前に、お気楽な巡査を睨み付ける。赤手が、一言祝いを伝えるだけだと言ったので、百賢も、自分の分も祝ってきてくれと言い出した。

「とにかくおきめちゃんは、ちゃんと伴侶を得て、落ち着き先が出来たんだ。妙な成り行きだったが、まあ、結果的にはこうなって良かったのかもしれん」

随分年上の旦那だが、金は持っている。しかも、おきめのあんな不思議を目にしても、引かなかったのだから、偉い。

「きっと、大切にしてもらえるだろう」

縁者もいないまま、どこかの商家で下働きなどをして働くよりも、余程良き暮らしを送れそうであった。

「巡査派出所勤務が、夕刻に終わる。ちょいと遅くなるが、その後深川へ行こうか」

原田が鍋を見つつ、集まる時間を決める。月も大分太ってきているし、今日は雨も降らなそうであった。

「男三人ならば、いささか帰りが遅くなっても困ることはあるまい」

三人は夕暮れ時、勤め帰りの者達に混じって、深川にある丸加根の、質屋兼金貸しの店へと向かったのだ。

ところが。

「おきめのダイヤモンド？　そりゃ、うちのものじゃありません」

せっかく高直なものを届けたというのに、丸加根は己の店で宝石を目にすると、嫌な顔をしたのだ。手代などは帰ったのか、店には既に主以外、誰もいない。奥にいるのか、おきめの姿も見かけなかった。

「その石は、小さな女の子、おきめちゃんのものだった筈ですよね？」

そのことを承知している者は、結構多い筈だ。おきめが世話になった時、百木屋にいた客達や、噂を聞いた自称親達もそうであった。

そして丸加根の妻おきめは、子供ではない。つまりこのダイヤモンドは、妻おきめのものではないと、丸加根は帳場でそう言い張ったのだ。

「でもな……」

原田が困ったようにつぶやいても、丸加根は頑《がん》として、高価な石を受け取らなかった。

「うちの妻は、そりゃあ綺麗なものだから、最近あれこれ聞いてくる人がいてね。放っておいてくれたらいいのにと思うんだが」

だから丸加根は、今の暮らしを守る為、そんな石とは関わらないという。

「その石は、持ち主の子供へ渡すのが、いいでしょうよ」

そう言い切ると、丸加根は原田達三人を、薄暗い店の外へと、追い出してしまった。そのやり方は、強突張りだと噂の男のものだとも思えない。ダイヤモンドよりも噂の方が、今の丸加根には気になるのだ。

あちこちに明かりが浮かびだした小さな堀川沿いの道で、三人は溜息をつくことになった。

「やれやれ、丸加根さんは気を尖らせてるみたいだ。これじゃおきめちゃんが幸せにしてるかどうかも、分かりませんね。本人に会えないんだから」

滝がこぼすと、横で原田が小袋を振って、さてこれをどうしようかと迷っている。すると、ここで赤手がすっと手を差し出し、原田に言った。

「あの、これから何とかおきめちゃんに、会おうと思います。だからその石、暫《しばら》くあたしに預からせちゃくれませんか」

「……おや、赤手さんなら会えるのかい?」

滝が面白がっているような調子で聞いてくる。赤手は、おきめは多分今、自分達の様子を窺《うかが》っているに違いないと言い出した。

「彼女は養子になり、妻となって、新しく人生やり直したんです。なのに、人には言えない自分の昔を知っている男らが、欲しいとも言ってない石を持って、わざわざ深川までやってきた」

そりゃ気になりますよと言って、赤手は苦笑と共に石の入った小袋を見る。

「間違いなく、この辺にいます」

原田は、その袋をあっさり赤手に渡した。

「じゃあ三人も揃っていたら、おきめちゃん、現れにくいかな」

ならば自分達は、少し遠慮していようと言い、原田と滝はその場から離れる。逢魔《おうま》が時から夜に変わってゆく一時、二人がぼんやりとした風景の中に紛《まぎ》れて消えると、赤手はゆっくり歩き始めた。

「おきめちゃん、近くにいるんでしょう? 今日、あたしに会わないでおくのは簡単だけど、後々まであたしらのことが、気になるんじゃないかい?」

ならばここで話をして、気持ちを落ち着ける方が良かろう。赤手が一人でそう話していると、じき、近くの小路から出てくる人影があった。

「ああ、久しぶりですね」

思わず赤手の口調が丁寧なものになったのは、おきめが洋装をしていたせいだ。丸加根があつらえてやったのだろう、随分と高価に違いない、西洋婦人のような格好をしたおきめは、噂通り、眼《め》が覚める程に美しかった。

そしてその姿は、もう微塵《みじん》も子供という感じがしない。おきめはそれでも、間違えようのない面を赤手に向けると、少し不機嫌そうに言った。

「赤手さん、私の気持ちを分かっておいでの様子じゃありませんか」

ならどうして、わざわざ深川にやってきたのか。出来るのならば、放っておいてくれたら良かったのにと、おきめははっきり言った。

この言葉を聞き、赤手がわずかに笑い出す。

「ああ、昔話がしたくないとは、今が幸せな証拠だ。そいつは良かった」

きっと丸加根は、貰ったばかりの女房に夢中なのだろう。ならば勿論赤手達はこの先、おきめの暮らしに口を挟んだりしない。皆はおきめが幸せにしているかどうかを、確かめに来たのだから。

「あ……そうなんですか。あの、ありがとうございます」

今更ながら、心配されていた事に気がついたのか、おきめがおずおずと礼を口にする。

するとここで赤手が、実はもう一つ用があるのだと、そう言い出した。巡査達はともかく、赤手はそちらの話をするため、深川へやって来たのだ。

「あら、何ですか？」

おきめがまた少し身構えた、その時であった。薄ぼんやりして、何もかもが見えにくい逢魔が時の中、赤手はすっと間を詰めると、おきめの耳元に口を近づけたのだ。

「おきめちゃん、人を喰うなよ」

「えっ……？」

「丸加根さんの、のど笛を切り裂いたり、心の臓をえぐり出したりするなって、そう言ってるんだ」

おきめが言葉を途切らせる。その表情が、恐ろしく強ばっていた。だが赤手は話を止めず、そのまま続けてゆく。

「夫婦となれば、面白くない出来事の一つや二つ、あるのが普通なんだ」

そんなとき頭を沸騰させて、とんでもない行動に出るな。赤手はおきめに、そう釘を刺したのだ。

「な、なんでわざわざ、そんな恐ろしいことを、あたしに……」

おきめが声を震わせると、赤手はごく近くから、その目を覗き込んだ。そして堀川のほとりで、他には聞こえない程の小声で言った。

「お前さんの名は、おきめ。つまり本名は〝きめ〟さんだ。きめという名には、どんな字を当てるんだったのかな」

勿論、平仮名のままということもあろう。だが、漢字が当てはまる場合もあるのだ。

「き、め、にはまる漢字。あたしは、鬼、女、だと思う」

鬼、女。この字は、〝きじょ〟とも読める。その正体は、宿業《しゅくごう》や怨念により鬼と化したもの、恐ろしき、人とは違う何かなのだ。

「鬼……あたしのこと、鬼だって言いたいんですか」

薄闇の中で、おきめの声が震える。赤手は、そういう身であったから、おきめの育ちが酷く速かったんだろうと口にした。

そして、「でも」と、付け足す。

「でも、だ。どんな名を持っていても、もう誰も、おきめちゃんのことを、あれこれ詮《せん》索《さく》したりはしない。平穏に暮らせばいい」

丸加根はあの状況で、おきめと添った。誰にでも出来る事ではなかった。きっと間違いなく、心底おきめに惚《ほ》れているのだ。

「ええ……ええ、そうよ。あの人はあたしに夢中なの。だから、一度は親だと名乗った人を、亭主にしたのよ」

「あいつ、結構腹の据《す》わった男のようだ」

多分、おきめをちゃんと幸せにしてくれる。おきめが望んでいるような、ほっと出来る暮らしが続けられる筈であった。

「だから、何か気にくわない事が起こっても、短気を起こすんじゃないよ」

赤手はその点を、不安に思っていた。それで一言伝えたくて、深川へやって来たのだ。

おきめは、赤手が己の意に添わない事を言った時、一度額を切り裂いている。

「あれ、お前さんの仕業だろ？」

鬼女であれば、その爪で人を切り裂くくらい、やってのける。

「だが、二度としてはいけない。今度あんなことをしたら、今の暮らしが吹っ飛ぶからね」

人が出来ないことをしたら、人の営みの中から、はじき飛ばされるのだ。

「あ、あたし……」

その後、言葉を失ったおきめの手に、赤手は小袋入りのダイヤモンドを握らせた。

「お前さんが持ってな」

世の中、金で困ることは多い。丸加根は今、裕福ではあるが、おきめ自身が財産を持っていた方が、先々、より安心出来るだろう。

(このダイヤ、どこからやってきた物やら)

寸の間不安が心を過《よ》ぎったが、それは赤手が心配する事ではなかった。

「元気で」

最後に一言告げると、赤手はおきめに背を向けた。連れの二人に、銀座へ帰ろうと言いかけ、どこにいるのか分からず首を巡らせる。すると。

目の端に、おきめが鬼相《きそう》を浮かべ、爪を振り立てているのが見えた。総身に衝撃が走り、足から力が抜けた途端、道にひっくり返る。

（喉元を切り裂かれる）

声も出なかった。おきめは、過去を知っている者、己を脅かす誰かを、許しも、放っておきもしなかったのだ。

「あ……」

赤手は目をつぶる事も出来ないまま、目の前の出来事に、ただ見入る。

三尺も離れていない所で、おきめが身を固くしていた。その腕を、いつの間に現れたのだろう、原田が摑んでいる。傍らに、滝がゆったりと立っていた。

「おきめちゃん、今、赤手さんに言われたばかりだろう？　こんなことをしちゃ、いけないってさ」

原田の声が、意外なほど明るかったせいか、おきめの体から、力が抜けていくのが分かる。するとと滝が、大層落ち着いた口調で赤手に尋ねた。

「赤手さん、生きてる？　ああ、無事か」

滝は小声で笑うと、連れがいて良かったねえと、暢気《のんき》な口調で話し出す。それからおきめの方を、ちょいと振り向いた。

「新しい世の中になって、せっかく皆が、闇の中に何かがいたことを、気にしなくなってくれたんじゃないか」

アーク灯の明かりを信じ、シユウクリームの甘さに気を取られ、江戸から続く闇に目を向ける者は、もう余りいない。昔の話をする者達は、時代遅れと言われてしまう世の中であった。

妙な事をして、闇の内に潜む何かを、追い立てないで欲しいと、滝がやんわりした声で言う。

「それと、もう我々は来ないから。だから、そんなに気を立てなくてもいい」

つまり後は好きにしろと、もう庇《かば》いも止めもしないと、おきめにそう言い渡したのだ。

(丸加根さんと、おきめちゃんとの暮らし、これからどうなってゆくんだろう)

地面に這いつくばった赤手には、想像も出来ない。多分おきめ自身にも、分からないに違いなかった。

ただ、おきめの男は、心底、己の女に惚れている。丸加根は、おきめがどんな者であっても構わないと、その身で、行いで示した。全てを承知の上、それでもおきめと添ったのだ。

（丸加根さんは多分、己がその思いに命を賭けていることを、承知しているんだろう）

おそらくそれ故に、その強い思いに縋《すが》って、おきめは父ほども歳の離れた丸加根と、一緒になったのだ。互いの思いだけが、二人の、蜘蛛《くも》の糸のような希望であった。

（この夫婦、このままずっと、淡々と年を重ねてゆけるだろうか）

赤手には……分からない。

「さ、帰ろうか」

原田に促され、赤手が地面から何とか立ち上がった。腰が痛い。声が出てくれなくて、赤手はそのまま黙って、おきめから離れていった。暫く歩いたところで、ぐっと暮れてきた薄闇の中から、声が聞こえてきた。

「あんた達は、あたしのことを鬼女だって言う。なら、あんた達は誰？」

女が鬼女だと見抜く男は、一体何者なのか。腕を掴み、鬼女の一撃を止める男は、どういう者なのか。

「誰なの？」

一層濃くなった闇が、その声を絡め取る。深川のこの辺りにはまだ、アーク灯などは建っていない。道は、江戸の頃と変わらぬ闇の中だ。

返答の声が、聞こえる事は無かった。

第三話　妖新聞

1

「昨今妖《あやかし》達が、またぞろこの世に、戻って来たって記事があるぞ。江戸と共に、消えたのかと思われていた妖、明治の世に現る、とな」

銀座にある牛鍋屋百木屋の座敷で、新聞片手に頷《うなず》いているのは、警官の原田だ。原田は店から程近い場所にある、銀座の巡査派出所に勤める、巡査であった。

銀座煉瓦《れんが》街の派出所は、西洋の街並みもかくやという、立派な煉瓦造りの建物が続く通りにあるにも拘《かかわ》らず、思いきり日本風で、掘っ立て小屋のような代物であった。

しかも銀座四丁目の交差点角地、朝野新聞社や毎日新聞社、中央新聞社などのすぐ近くにあるので、余計に、その小屋の小ささが目立っている。

だがとにかく、そこが銀座煉瓦街の治安を守る拠点であるからして、原田達巡査は、安月給をもらいつつ、日々勤めに励んでいるのだ。

「たまに新聞をじっくり読むと、あれこれ驚くような事が書かれているよなぁ」

原田は今日当番明けで、久方ぶりに牛鍋を食べる為、同僚の滝と百木屋へ顔を出していた。そして店の二階で、昨今の流行《はや》りとも言える、新聞の妖怪記事を読み上げていたのだ。

「我が紙の、新聞記者が摑《つか》みし話を載《の》す。遊女が消え、三味線《しやみせん》に羽が生えた件につき、ご報告。馬鹿馬鹿しきと笑う向きあれど、昨今評判も高き話なれば」

三味線話にけりがつけば、お次の記事は、人魚が捕らえられたという一話だ。その人魚は保存され、じき東京へ来ると記されていた。

「更に、呪いの妖刀という記事も出ている。江戸より伝わる、古き刀に取り憑《つ》かれし若者、たちまち鬼と化し、妻、老母、子までを殺戮《さつりく》す」

江戸が明治となって、二十年が過ぎていた。文明開化という言葉が口にされ、昔のことは皆、時代遅れと言われかねないご時世であった。新聞だとて、いにしえのように木版のよみうりではないのだから、堅き高尚な記事で、その紙面は埋められている筈《はず》なのだ。

しかし。考えてみれば、江戸に生きていた人々は、明治の今も息災でいる事が多い。その事に気がついた人物がいたようで、最近は新聞の記事にも変わったものが登場する。何しろ江戸の世は少し前まで、この東京と同じ地にあったのだ。

「そのせいかね。妖や怪異の記事が、最近急に増えたな」

原田が息を吐き、言葉を切る。するとその眼前へ、同僚の滝がすいと、酒のたっぷり入った、ちろりを差し出した。そして、やっという感じで言葉を挟む。

「原田さん、いつまでも妖の話題など、してないで。照れくさいのは分かりますが、奥方の事を聞かせて下さいよ」

まだ、ほとんど誰にも話していないでしょうと、滝が唇に笑みを浮かべつつ同僚に言う。

「いやその、照れてはおらんぞ。うん」

酒に強い原田が、今日は早々に顔を赤くして、友の酒を杯に受けた。

原田は先だって、上司の仲立ちによって妻を迎えていた。そして、来年には初めての子を抱くという話になり、今日は馴染《なじ》みの店百木屋で、知り合い達と、その祝いをしているところなのだ。

三味線の師匠で、近所に住む色っぽい後家のお高が、今日は特別だからと言って、色ガラスが窓にはまっている二階座敷に席を取った。煉瓦街裏通りの小店で、煙草《タバコ》を商っている赤手や、百木屋店主の妹みずはも、顔を出している。

それぞれの前に置かれた七輪には、既に百木屋自慢の牛鍋が置かれ、くつくつという音と共に、美味《うま》そうな湯気を上げていた。脇の盆には、店主百賢特製の辛い漬け物と、酒の入ったちろりが置かれた。

「あたし、赤ちゃん大好き。ああ、生まれてくる子がもし女の子だったら、御細君の靖《やす》子《こ》さんに似た方がいいですよねえ」

綺麗《きれい》なお人だと聞いたと、お高が明るく言う。すると原田の隣で、ぐい飲みを手にした滝が、口元にまたうっすらと笑みを浮かべた。

「はてぇ、どっちの原田さんの子かなぁ」

「滝さん、何だ、その妙な言い方？」

原田が首を傾《かし》げると、赤手が何故だか急いで、嫁さんを貰えて羨ましいと言い出した。赤手は若く、随分と小粋《こいき》な男であるのに、相手がいない。

「何で赤手さんには、お嫁さんが来ないのかしらねえ」

後家のお高が遠慮無く言うと、赤手がふくれ面を浮かべる。笑い出した滝が赤手にも酒を勧めたところへ、百木屋の主《あるじ》百賢が、肉のお代わりを持って現れた。

「原田さんには、いつもお世話になってる。だから今日の支払いは、俺と、この座の皆が持つ。たんと食べてくれ」

その内一度、靖子さんにもご馳走《ちそう》をすると、百賢は太っ腹な事を口にした。すると、だ。その申し出に返事をしたのは、原田ではなく、丁度百木屋の二階へ上がって来た、三十路《みそじ》と見える客であった。

「おやぁ、今日この牛鍋屋は、食べ放題なんですか。そいつは運の良い話だ。俺もご馳走になろうかな」

途端、二階にいた者達のきつい眼差しが、男へ向かう。

「誰だ、お前さん。一見《いちげん》の客が、いきなり常連の輪に加わって、飯をただ食いしようっていうのか。太《ふ》てぇ野郎だな」

滝が、男の顔を見据《みす》えた。

「ま、今日払う全額、お前が出すってぇなら、この席に居てもいいがな」

「きつい事を言わんで下さい、巡査さん。新聞記者の給金じゃ、この大人数全員にご馳走するのは、ちょいと勘弁だ」

「おんや、お前さん、新聞社の者か」

政治の話から、金の話題に美人の伝聞、人殺しの話題まで、書きまくる輩《やから》という訳だ。

小粋な洋装の男は高良田《たからだ》と名乗り、ちゃっかり原田達の座の端に座ると、多報《たほう》新聞に勤めていると話し出す。

「今日、お邪魔したのはですね、巡査さん方に、話をお聞かせ願えないかと思いまして。今続いている、妖絡みの被害についてです」

それで高良田は、巡査が出入りしているという噂《うわさ》の、百木屋へ来てみたのだ。いや、この店の牛鍋は本当に美味そうだと、高良田は視線を鍋に貼り付けている。

「食う気なら、自分で注文しろよ」

記者が仕事で、話を聞きに来たと分かると、滝の声が一層不機嫌なものになった。

「ついでに言っとくが、俺は最近の新聞に、ちょいとばかりむかついてる。分からない事は、全部妖が起こした事になってるじゃないか。何なんだ、ありゃ」

おかげで、人殺しや盗みについて調べても、端《はな》から妖の仕業と決めつける者が増え、巡査の仕事がやりづらくて仕方がない。

「お前さん達記者は、警官に喧嘩《けんか》を売ってるのか？」

「と、とんでもない。旦那、怖い事を言わないで下さいまし」

高良田は、返答こそ神妙だったものの、実は己より安月給の下っ端警官など、歯牙《しが》にもかけていないらしい。滝の不機嫌を気にもせず、悠々と牛鍋や酒を百賢に注文したものだから、お高が笑い出した。

「それにしても記者さん。本当に、急に増えましたよねえ、妖が出たっていう記事」

江戸が東京に代わった後、妖達はアーク灯とランプの明かりが眩《まぶ》しくて、どこかへ追われたかのように見えた。なのに最近、突然東京へ戻ってきたとでもいうのだろうか。

すると高良田が、先に出された漬け物を肴《さかな》に一杯やりながら、機嫌良く答える。

「ああ、それは……実は、妖絡みの話は、読者の受けがいいんですよ」

何しろ、流行病《はやりやまい》が少し収まったと思ったら、帝都では剣呑《けんのん》な事件が続いているのだ。臣民達は、今、不安に駆られている。警察がなかなか犯人を捕まえられないので、夜と闇が怖いのだ。

「なんだとう」

「巡査さん……ああ原田巡査ですか。そりゃ、煉瓦街には街灯がありますよ。でもね、そういう明るい街並みばかりじゃ、ないんでねえ」

晴れた日に、芝区の愛宕山《あたご》から一帯を見渡せば、眼下には江戸と変わらぬ、せいぜい二階建ての屋根が連なっている。その中の所々に、西洋の雰囲気をまとった建物がある故、今が明治という和洋折衷《せっちゅう》の時代であることは、誰にも分かる。しかし。

「今でも月が出てなけりゃ、夜歩くには、提灯《ちょうちん》の明かり一つが頼りなんですよ。江戸の頃と変わりゃしません」

そんな中、夜が明けてみれば、死体が転がっているという騒ぎが、続いているのだ。

「だから、皆ねえ。妖のしわざであればいいと、そう思ってるんですよ」

よってそういう記事が出ると、我が意を得たりと、皆が新聞を買ってくれる。それで益々、妖の記事は増えてゆくという訳だ。

「あら、何で妖のしわざだと、皆が喜ぶの？」

お高が首を大きく傾げる。すると高良田は、美人の酒杯にたっぷりと酒を注いだ後、妖ならば眉に唾《つば》を付けるなど、昔から言い伝えられている方法で、避ける事も出来るからだと口にした。つまり人の顔をした犯人よりも、妖の方が、まだ恐ろしくないのだ。

「それに存外、事件を起こしているのは、本当に妖かもしれないと、私は思ってるんです」

人の世で、政《まつりごと》を司《つかさど》る者が変わったからといって、妖達が全て消え去る訳もなかろう。

「きっと人ならぬ者達はそろそろ、街灯やランプの明かりに慣れてきたんですよ」

高良田は杯を飲み干し、そう断言した。それで妖らは、江戸の頃のように、人へとんでもない害を与え始めたという訳だ。

「そういう考え方を、巡査さん達はどう思われますか。……ああ、鍋が来た」

高良田が嬉《うれ》しげに肉を食べ始めたのを見て、原田が呆《あき》れた声を出す。

「おいおい、まさか俺達巡査が、妖怪変化が犯人だと認めるとでも、思ってるのか？」

そんな考えでは、とても巡査などやっていられないと、原田が苦笑を浮かべる。すると高良田は牛鍋から顔を上げ、大真面目な表情を作った。

「じゃあ、伺いますがね。先刻、江戸橋近くで見つかった殺しなど、どう思われますか。あれなど人が起こしたにしては、奇妙な事件ですよね」

「江戸橋近く？　何かあったのか？」

原田に問われて、高良田が顔に、にたりと嫌な笑いを浮かべた。

「あれ、煉瓦街から、そう遠く無いところであった件ですよ。ご存じないんですか？」

「嫌みは結構だ。さっさと言え！」

滝に迫られ、高良田は記者の早耳だと言い訳をしつつ、とんでもない凶事を語り始める。それによると、朝も暗い内から魚を仕入れに向かっていた商人が、江戸橋から少し離れた辺りで、五人の死体と出くわしたらしい。

「ご、五人がいっぺんに、死んでいたのか」

それも岸に近い杭に、きちんと並ぶようにして引っかかっていたというから、どう見ても、ただ川に落ちて死んだ訳ではなさそうだ。高良田がその場へ顔を出した時には、既に辺りは大騒ぎになっていたという。

「ですから、その件を警官がどうお考えか、聞きたくてね。巡査さんに、妖のせいだって言ってもらえると、読者もそう信じて新聞の記事を読んでくれます。だからこうして、この店へ来たんで……おや旦那方、もう席を立たれるんですか？」

今日は、そちらの旦那の、祝いの席じゃないんですかと、高良田はわざとらしい口調で心配してくる。それを無視して、原田が皆へ頭を下げた。

「せっかく席を設けてくれたのに、済まん。行かねばならんようだ」

「原田さん、もうすぐ父親になるんだ。靖子さんが心配なさる。無理はしないで下さいよ」

二階へ顔を出してきた百賢が声をかけると、原田は、もう一度深く頭を下げてから、牛鍋屋の一階へと降りてゆく。何で今日はこっちの原田なのだと、滝が聞こえぬ程の小声でつぶやきつつ、後に続いた。

「旦那方。今回の騒ぎ、妖の仕業かどうか、後で話を聞かせちゃもらえませんかね」

高良田の声が部屋に響く。しかし聞こえた筈の原田も滝も、振り返りはしなかった。

2

「文明開化の明治となりし世にも、怪しき者達が跋扈《ばっこ》する。帝都、しかも世に聞こえし華やかなる街、銀座の煉瓦街からも遠からぬ地で、恐ろしき事が起きた。江戸橋近く、河畔《かはん》での出来事なり」

翌日の多報新聞は、さっそく五人が亡くなっていた件に、大きく紙面を割《さ》いていた。その新聞を手に原田や滝が、昼をかなり回った頃、また百木屋へ顔を出す。

「昨日は慌ただしく店を出たから、もう一度礼を言いにきた」

原田が百賢にそう言うと、赤手とお高も、今日も百木屋で昼を食べた上、そのまま店に居残っているという。

「昨日の殺しについて、あれこれ話してまさぁ。記者から早くに聞いたんで、気になっているんでしょうねえ」

「ならば少し、話して行くか」

すると。百賢は店の戸に、閉店の札を掛けてしまった。どうやら自分もゆっくり、話に加わりたくなったらしい。他の客が帰ると、さっさと座敷へ上がってくる。

「なに、夕方前にはまた開くから、構わんさ」

「そうね、みずはちゃんは学校に行っている時間だもの。百賢さんが話を聞いておかなきゃ、説明に困るわよね」

「いいんですか、百賢さん。お高さんの言うことを真に受けると、後で……痛っ」

お高に巾着《きんちゃく》で頭を叩《たた》かれ、赤手が黙る。一同は、一階台所の向かいの座敷で、輪を作って座った。

「昼は過ぎてるが、巡査さん方、飯は食べたのか？」

百賢が尋ねた所、昨日から家にも帰っていない、茶を飲んだくらいだとの返答がある。

「何と。昨日うちの店でも、ろくに食っちゃいなかったのに」

百賢が慌てて台所へ向かい、残っていた飯に、牛鍋の肉と野菜を載せ、汁を掛ける。辛い漬け物を添えて出すと、二人はどんぶりに顔を突っ込むようにして、むさぼり食った。

「美味いっ。ああ、生き返ったわ。とんだ夜だったからな」

原田が大きく息をついた横で、あっという間に飯を食い尽くした滝が、空のどんぶりを見て、首を傾げている。苦笑した百賢が、二杯目を作ると、こちらは居候《いそうろう》のように申し訳ない顔をした原田が、それでもお代わりが欲しいと、どんぶりを出した。

「牛鍋掛けご飯、ほんと美味いですね。いやちょいと待って下さい。昨夜の話をするなら、食べちまった後がいい」

滝が言うと、原田も流し込むように、残りを喰《く》らう。それから二人は、他言はしないでくれと言ってから、昨日高良田が口にした凶事を友へと伝えた。

「場所は、江戸橋から川沿いを、少し海よりへ行った辺りだ。北の河畔だった」

早い時期に石橋にした程だから、江戸橋の往来は多い。橋の袂《たもと》、松の横には街灯もある上、日本橋の方へ幾らか行った場所には、賑《にぎ》やかな魚市場が控えている。およそ、人殺しが行われるなど、考えにくい所であった。

「あの、やっぱり殺しだったんですか」

百賢を手伝って、器の後始末などしていた赤手が、台所からおずおずと聞いてくる。

「ああ」と言うと、原田が重い溜息《ためいき》をついた。

「一人、首を切られていた。一緒に水に浮かんでた四人の内、一人は首が折られていた。全員、殺されたんだろうって話になってる」

河畔に駆けつけてみると、原田達にとって大変な事が、あれこれ重なった。まず、遺体を水から引き上げるのにも、大いに手間取った。何しろ川の一《ひと》っ所に、五人も浮かんでいたのだ。つまり大勢の野次馬達に、その場を見られてしまった訳だ。

「犯人が戻って見ているかもしれないんで、そこにいた全員に、話を聞いておこうとした。すると、逃げる者がでてくるんだな」

滝が溜息をつく。勿論《もちろん》、受け持ち地区の当番巡査だけでは、全く手が足りなかった。おまけに、各派出所を空にする訳にもいかない。よって当番明けの原田や滝が、使われる事に決まってしまったのだ。

「まあ、こっちはわざわざ見に行ったんだから、それは覚悟してましたけどね。だが、今回の件は、これからが大変そうだ」

滝によると、殺されたのは男が三人、おなごが二人だった。男は老年、壮年、若輩。おなごは老女と若い娘で、見事にばらばらな取り合わせだ。巡査達は遺体を引き上げた河畔で、首をひねる事になった。

それから遺体を運び、あちこちの巡査派出所や警察に知らせを入れ、魚市場の者達へ聞き込みなどし、結局一晩寝ずに働いた。そして再び首を、何回もひねることになったのだ。

「娘さんと老年、壮年の男の三人は、今朝早く、身元が分かった。帰って来ない事を心配した家族から、派出所に相談があったんだ」

だがと言って、ここで滝が眉間に皺《しわ》を寄せる。一つ事が分かった時、二つ疑問が現れてきたのだ。

「三人は住んでいる所が、離れていたんだ」

なのにどうして、一っ所で殺されていたのか、そいつが分からない。その上、何故殺されたのか、家族は首を傾げたのだ。滝は大いに、うんざりとした表情を浮かべる。

「三人の住まいは、京橋と神田《かんだ》と本所《ほんじょ》だ」

どうせ殺されるんなら、各自、家の近くにしてくれれば助かったのにと、滝が言う。

「おい滝さん、その言い様はないぞ」

「だって原田さん、本所で起きた殺しなら、銀座の俺達が駆り出されることは、まず無かったですよ」

二人は徹夜をしなくとも、良かったに違いないのだ。

「あら滝さん、自分から応援に行ったのに、愚痴が多いわねえ」

「お高さん、昼近くなって、他の巡査達が応援に来たんで、俺達は交代して、一旦帰る事になった。するとその時な、同僚から、今回の件について、早くも噂話が広がっていると教えて貰ったんだ」

曰《いわ》く、今回五人もの人が一遍に殺されたのは、不可思議だ。きっと妖が殺したに違いない。

曰く、遠い地にいた者達を、日本橋川にまで運んだのは、空を飛べる天狗《てんぐ》だ。

曰く、一人の喉が、すぱりと切られていたのは、鎌鼬《かまいたち》が鎌を振るったからだ。

「まあ、想像する力の、たくましいこと……」

お高が溜息をつく。半日も経たずに広がった噂は、見事に妖絡みのものばかりだ。この分だと、烏《からす》を天狗と見間違えた目撃談とか、川で河童《かっぱ》を確かに見たという話とかに、巡査らは当分悩まされる事になるだろう。

「確かに、それは大変だな」

「百賢さん、おまけにまだ、老女と若輩者の身元が、分かってないんだ。皆、妖より、二人の身元を捜して欲しいんだが」

原田が黙って頷くと、百賢が皆へ茶を出してくれる。

するとその時であった。閉店と書いた札を戸に掛けておいたにも拘らず、入り口が突然開いたのだ。百賢が、不機嫌な顔で話の場から抜け、急ぎ見に行く。すると昨日来た記者高良田が、手土産片手に立っており、思い切り愛想の良い顔を皆へ向けてきた。

「こんにちは。実は築地近くで、そりゃあ美味いワッフルスを手に入れたんです。で、お裾《すそわ》分けに来ました」

甘い匂いを振りまきつつ、高良田は勝手に、一階の客間へ上がってくる。百賢は一瞬怖い表情を見せたが、直《す》ぐにその顔つきが緩んだ。ワッフルスというものは、大層甘い、とろりとした香りのするものであったからだ。

「巡査さん方は、寝ずの勤務だったと聞いてます。まあまあ、甘い物でも召し上がって下さいな」

「食い物で釣っても、妖は出てこないぞ。一晩、仏さん達の身元を捜していたが、河童にも天狗にも遭わなんだわ」

「おや原田の旦那、そいつは残念」

高良田は一瞬、妙な表情を浮かべたが、しかし西洋菓子を引っ込める事はせず、愛想よく皆へ勧めてくる。

「ああ、我慢出来ないわぁ」

菓子大好きのお高が、一番に箱を開け、手にして食べ始める。すると、うっとりとした表情を作ったものだから、皆の手も伸びた。

「へえ、こいつが、ワッフルスというものなのか」

銀座勤めでも、ただの巡査では、贅沢《ぜいたく》な菓子はなかなか食べられない。すると高良田は、当然という顔をして、一同の中に座り込んだ。そして以前新聞社が仕事で、菓子職人と縁を作った事を話す。その彼が、某家のパーティー用に西洋菓子を作ると聞いたので、高良田はついでに幾つか多めに作って、分けてくれと頼んでみたのだ。

「新しい仕事に挑戦している、若い職人さんです。そのせいか、江戸橋の殺しは妖の仕業じゃないかと言ったら、笑われちゃいました」

しかし、だ。誰が何と言おうと、あの五人殺しと妖を繋《つな》げた記事を載せた、今朝の多報新聞は売れた。

「皆が、この話を支持している証《あかし》です」

「そうかねえ。この菓子は美味い。しかし、高良田さんの話は眉唾物だ」

「また、そんなことを。滝の旦那、妖を信じてないってんなら、今どうやって、何を調べているんですか？」

西洋菓子を差し入れた元を取ろうというのか、高良田はあれこれ聞いてくる。滝はワッフルスを食べてしまうと、記者への配慮も終わりと思ったのか、ぞんざいな返答をした。

「だからさ、いつもと同じようにやってるだけだ。殺された者の身元や、恨んでいる者はいないか、調べてるのさ」

殺しが起きた場合、警官がいつもやる事を、している訳だ。それが調べの基本であり、巡査達が、唯一やれる仕事の進め方であった。

すると高良田は、それでは記事に出来ないと踏んだのか、不満げに顔を顰《しか》める。

「ありゃ、古いやり方しか出来ないんですねえ。そんな話を書いたんじゃ、帝都民は喝《かっ》采《さい》しません。新聞も売れませんよ」

「お前さんは阿呆《あほう》か。警官が、新聞の売り上げの為に、捜査をする訳が無かろうが」

高良田は頬を膨らませたが、それでも諦めず、懐から覚え書き用の紙を取り出すと、質問を重ねてくる。

「亡くなられた三人の、お名前は？　はい、金平《かねひら》とお子さん、大町惣兵衛《おおまちそうべえ》さん、川上重《かわかみしげ》十郎《じゅうろう》さん、ですか」

とお子は京橋にある袋物屋の娘、大町惣兵衛は神田の隠居、川上重十郎は本所で、一帯の顔役のようなことを、していたらしい。

「顔役、ですか」

つまり賭場や屋台店からの上がり、娼婦絡みの話など、利権争いの渦中にいたということだ。死体が重十郎一人だけであったら、早々に、犯人ではないかと疑われる者達の名が、浮かんでいたに違いない。

「そいつは記事になる話だ。それで？　重十郎さんと揉《も》めていたのは、誰なんです？」

「手伝いで入った俺達が、全ての調べに関わっている筈もないだろう。下っ端の巡査だからな。知りたきゃ、自分で聞いて回りな」

高良田は寸の間、恨めしげな表情になったが、そこへ他の巡査が訪ねて来て、原田達を呼び出したものだから、話は終わりになってしまった。しかし記者は己もさっさと立ち上がり、腰が軽いのが取り柄だとばかりに、警官達を追っていく。

「おや高良田さんて、本気で今回の件を追っているのかな。熱心ですねぇ。妖が犯人だなんて、本心じゃ思ってないのかも」

赤手がそう言うと、お高も頷いている。残った三人は、遠ざかる記者の背を、窓からじいっと見つめていた。

3

二日後の夕刻。

仕事に追いまくられていた原田と滝が、やっとまた、百木屋へ顔を出してきた。すると主の百賢が、顎をくいと、二階の方へと上げる。今日も赤手とお高が、百木屋で夕餉《ゆうげ》をとっていたのだ。

「自分達だけで話をしたいと言って、二人は今、二階の小座敷を占領してる」

それで原田達も、階段を上がっていった。

「あら旦那方。そろそろおいでの頃かと、思ってましたよ」

お高は今日、鮮やかな縞《しま》の銘仙《めいせん》を着ていて、一際美しい。見れば牛鍋屋にいるというのに、赤手と共に、あっさりした鳥の鍋をつついていた。

「さすがに毎日だと、飽きましてねえ」

「なら、牛鍋屋へ来なければいいものを」

滝が笑うと、後ろから茶を運んで来たみずはが、巡査達も同じものにするかと聞いてくる。みずはも二階で食べると言うと、兄の百賢が、味噌汁《みそしる》や煮物なども出してきて、結局皆で、一膳飯屋で出るようなものを、食べることになった。

「やあ百賢さんは、牛鍋以外の料理も、上手《うま》いんだな。今度からは色々頼む事にしよう」

独り者の三人が喜んでいるのを見つつ、原田が、何を話していたんだと赤手達に聞く。すると返答をしたのは、みずはであった。

「あたし達、江戸橋の殺しの件、調べているんです」

三人は分かった事を、仕事で余り出られない百賢にも伝える為、毎日この店へ集まっていたのだ。原田が、目を剝《む》くことになった。

「おい、無茶は止《よ》せ。日本橋川に浮かんだ五人は、殺されたんだぞ。下手に調べて、犯人に目を付けられ、斬られたらどうする」

皆は巡査と違って、サーベルどころか、手棒《てぼう》一本持っていない。人殺しと対峙《たいじ》する手段が、あるとは思えなかった。ましてやみずはは、女学生だ。

するとは赤手が眉尻を下げつつ、ひらひらと手を振って、小さく笑った。

「そいつは心得ていますよぉ、原田さん。あたしなんぞ怖がりなんで、犯人の事を聞いて回るなんて事、とても出来ません」

では三人が、何をしていたかというと。

「死んだ人達のことを、調べてたんですよ」

お高が酒杯片手に、にこりと笑う。赤い唇が濡れて、ぞくりとするほど色っぽい。

「ええ、それも警察が調べてるのは、分かってます。そりゃ顔役である川上重十郎さんなんかは、強面《こわもて》の巡査さんなどが聞いた方が、分かる事が多いでしょうよ」

しかし、だ。近所の若い娘が亡くなれば、余程の事がない限り、仏にきつい言葉を投げかける者はいない。大町惣兵衛とて、隠居暮らしで、大人しく暮らしていたのだ。何か承知している者も、なかなか本音は言わないに違いない。

「当人が亡くなっても、その家族が近くで暮らしてます。この後もその人達と、付き合っていかなきゃなりませんからねえ」

警察相手に余分な事を言ったら、後が大変なのだ。

「そりゃまぁ、そうだろうなぁ」

滝がのんびり言うと、原田は溜息をつく。確かに警察はまだ死んだ者達について、大した話を摑んではいなかった。

「で、大町さん、つまり亡くなったご隠居の事ですがね。万年青《おもと》を育てるのが好きな、温厚な人だという話を、聞きませんでしたか?」

他の巡査から、そう伝えられていたので、原田が頷く。赤手が、にやりと笑った。

「あのお人、料理屋をやっていたんですが、去年病で倒れまして。店の代を息子へ譲ったんです」

だから今は大人しいが、以前はそれはうるさい御仁《ごじん》だったようだ。人の好みがきつく、奉公人らは大変であったらしい。

「殴られた者は数知れず。骨を折られたり、逃げ出した奴もいたようで」

つまり恨まれていても、不思議ではなかった訳だ。それが赤手の摑んできた話であった。

「何故そういうことを、警察に言わんのだ」

原田は低い声で嘆く。

「あたしとみずはちゃんは、金平とお子さんを、調べたんだけど」

お高は、とお子の身内を、みずはは学校での様子を、聞いて回ったらしい。とお子はまだ、十六であった。

「それがね、とお子さんは二年前に流行病で、両の親を一遍に亡くしていたみたい」

よって京橋にある袋物屋は、今、叔父夫婦が面倒をみていた。従姉妹《いとこ》二人も、一緒に住んでいるという話だ。お高は、とお子自身の事も、奉公人らに聞いて回ったが、誰からも、大人しいお嬢さんという話しか返ってこなかったという。

「あ、それは学校の方も、同じでした」

みずはによると、とお子と同じ女学校の生徒は、同級生に紹介してもらったので、直ぐに見つかった。しかし、とお子を思い出してもらうのが大変だったらしい。

「居るか居ないか分からないくらい、大人しいお人だったみたい」

そんな具合だから、女学校を出たら早々に、しっかりした婿を取るべきだという親戚がいたとかで、早、見合い話も来ていた。

「まあ、家付きの娘さんだから、一緒になれば袋物屋の主になれます。悪い縁じゃないですよねえ」

お高が頷く。しかし誰とも婚礼を挙げる事なく、とお子はあっさり亡くなってしまったのだ。原田が、また声を低くした。

「何だ、縁談の事など聞いておらんぞ。叔父夫婦も、それくらい話したって良かろうに」

だが、まだ決まっていない縁談話を、お上に教えてくれる者はいなかったのだ。

ここで滝がにやりと笑うと、遠慮もなく残る一人、顔役の川上重十郎について、警察が摑んだ話を、皆へ語り出した。

「重十郎さんですがね。こちらはもう、揉め事と恨み事の山にまみれてました。誰にいつ襲われても、当人だって驚かなかったでしょうね」

つまり重十郎の事を調べても、なかなか犯人は絞り込めない事になる。

「やれやれ、そんな三人が、どうして一緒に死んでいたんでしょうね。妙な感じだ」

赤手がぼやく。

「残る二人の仏さんの話が分かると、もう少し事が見えてくるのかなぁ」

そこへ、下から足音が上ってくると、心配性の百賢が、今度は水菓子を持って現れる。いつもであれば、そんなものは膳に付かないから、これはみずはがいる故だと思われた。

「俺は店が忙しくて、余り動けん。だから知り合いに、亡くなった者達の事を知らぬか、尋ねて貰っていたんだが」

今し方店に、その知らせが入ったと、百賢は言い出した。知人は何と警察よりも先に、死んだ若者と、老女の身元を突き止めたのだ。

「そいつはお手柄だ。で、どこの誰だったんだい？」

巡査二人の顔が主へ向いた時、一階から、注文したいと客の声が聞こえた。百賢が仕事を放り出し、人殺しの話をしている事に、あきれているらしい。百賢は二階から店の客達へ、ちょいと待っていて下さいと声をかけ、急ぎ話し始めた。

「老女は松木実夜《まつきみや》さんと言って、京橋近くに住んでいる、一人暮らしのお人だ」

元は三味線など教えていたらしい。小女一人置いていなかったので、家から消えた事に、気がつく者がいなかったのだ。いつもは近くの寺社へ信心のお参りをするくらいで、殺される訳など、考えられない人だという。

「あと一人、若い奴は、深川の職人中村《なかむら》という人の息子、太助《たすけ》さんでした」

こちらは放蕩者《ほうとう》で、家に帰らないのも珍しくはなく、居ないからといって、親は騒ぎもしない。よって、今まで名前が出てこなかったという訳だ。

「こっちは、揉め事を山と抱えている口か」

つまり五人の名が出そろっても、事態はとんと、明らかになってこなかった。

「参ったな。これじゃ、警察が犯人を何時《いつ》捕まえられるか、分からないな」

百賢が眉尻を下げると、原田が済まんと言った後、小さく笑う。それから、すいと片眉を上げると、どうして百木屋の客達は、今回の事件の事を気にするのかと、問うてきたのだ。

「原田さん、その訳は、滝さんと同じですよ。世間は、殺しというと怪異の仕業で片付け、果ては新聞記事を楽しんでる。気にくわないじゃありませんか」

お高が顔を顰める。今回の不可解な件のせいで、皆不思議な程、妖へ罪を押っつけるようになった。

「でもそれじゃ、剣呑ですよねえ」

本当の犯人が、捕まらない事になるからだ。人を五人も殺した輩が、今も堂々と、帝都を闊歩《かっぽ》し続けている。

「何とかして下さいよ」

百賢が続けた。みずはと赤手の目が、原田を見る。原田が頭を掻《か》いた。

「ああ、理由は承知した。協力はありがたい。けどみんな、そろそろ止めてくれ。何だか剣呑でな」

横で滝が、何とも怖い笑みを浮かべた。

「殺されたのが、川上重十郎だけだったらなあ。困窮した士族と揉めて、刀で切られた、という話が成り立ったんだが」

重十郎は一人だけ、首を切られていたのだ。

「士族の人殺しねえ……」

江戸が明治に変わる時、長年抜かれる事もなく、下手をしたら竹光《たけみつ》に変わっていた刀が、また使われ出した。道場も流行り、腕の立つ使い手が、その名を知られたのだ。そして明治の時代が落ち着くと、刀はまた無用の長物と化している。しかし幕末が生み出した剣士達は、未だ大勢生きていた。

「何で五人も一遍に、川に浮かんでたのか」

原田がつぶやくと、その声に釣られたように、みずはも小声を出した。暗い中、五人もの人を川へ連れてくるだけでも大事だっただろうと、そう言ったのだ。

「日本橋川で襲ったんでしょうか。それとも殺した五人を、どこからか運んで来たのかな」

「えっ……」

滝がさっと顔を上げ、それから緊張した顔の原田と目を見合わせる。それもこれからしっかり調べると、律儀な原田が告げた。

4

「な、何でだ？　どうしてこんな事が起きるんだ？」

原田は日本橋川の河畔を、海側へと駆けていた。既に日は落ちており、対岸には提灯の明かりも見える。その向こうに、大きな塊のような影を見せているのは、第一国立銀行と、その手前に軒を連ねている倉庫だ。

天空に月があり、有り難い事に今は雲に隠れていないので、走るに支障はなかった。ただ駆け通しなので、息が上がる。

「靖子……無事だろうか」

原田達は今日、通常の勤務に戻っていた。その銀座煉瓦街の派出所へ、先刻、駄賃を貰った子が、短い書き付けを届けてきたのだ。

原田宛だというので開けてみると、とんでもない一文が書かれていた。

『原田へ　身重の御細君に危害が及ぶのを厭《いと》うならば、今から鎧《よろい》橋の北河畔を、永代《えいたい》橋の方へ来るべし』

「何と原田さん、脅しですか」

　書き付けを覗《のぞ》き込んだ滝が、片眉を吊《つ》り上げる。

「滝さん、この通りにしなければ、靖子を襲うつもりなんだろうか。いや、ひょっとしたら、指示されたこの場所へ、靖子は連れて行かれたのかもしれん」

「原田さん、落ち着いて下さい。直ぐに家へ人をやって、様子を見て来させます。とにかく、一旦座って下さい」

　滝は急いで一筆書き、道にいた若い者を呼ぶと、銀座の牛鍋屋百木屋へ手紙使いを頼む。その間も原田は落ち着く事が出来ず、部屋を行ったり来たりしていた。

「何てことだ、靖子が危ないんだ。……どうしたらいい？　こんなことなら、一日中靖子を守っていれば良かった」

　今妻は身重であった。家へ強盗でも入ったら、自分の身一つでも、守る事など無理な話だろう。

「な、何とかしなくては。直ぐに、手を打たなくては」

　滝は、顔見知りの巡査へも、事情を簡単に記した手紙を書いて、応援を頼む。そして派出所にいた三人目の巡査へ、後を頼んだ。

「さて、原田さん、もう一つ手を打ってから、一緒に行きますから」

　だが、しかし。

「済まん、俺は先に行く。行かねばならん」

その時原田は、もう待てずに、かなり暮れてきた道へ駆け出してしまったのだ。

「靖子……河畔にいるのか？」

運の良い事に、銀座煉瓦街で直ぐ、人力車を捕まえる事が出来た。

「原田さんっ、無茶はしないでっ」

背後から、滝の慌てふためいた声が聞こえてきたが、それでも人力車引に、車を止めてくれとは言わなかった。

鎧橋を渡ったところで人力車から降り、あとは走ってゆく。この先は、どこで何がどうなるか、予想もつかなかったから、己の足で周囲を確かめつつ行くしかなかった。

「どうして……誰があんな文を、寄こしたんだ？」

たまに月を雲が隠すと、途端に足下までが暗くなる。もうすぐ架け替えられるという鎧橋の辺りには、街灯も立ってはおらず、暗さが心細さを連れてくる。

しかし。優しい靖子に危害を加えられるとすれば、それは間違いなく、原田の仕事故であった。おまけに靖子には今、己の子がいるのだ。父として、夫として、原田は二人を守らねばならなかった。

「くそっ、提灯くらい、持って出るんだった」

また雲が月を隠し、溜息が口をつく。闇の中から、人力車が橋を渡る、車輪の音が聞こえてきて、原田は思わず振り返った。

「靖子を連れて、文の主が来たのか？　それとも、滝さんが追ってきたんだろうか」

これだけ暗い中、相手方と争うことになったら、無事靖子を守れるかどうか、心許《こころもと》ない。原田は目をまた前に向け……その時、ごく近くに感じた気配に、総身を硬くした。

途端。

「ひあああっ」

咄嗟《とっさ》に上げた悲鳴が、まるで、己の声ではないかのように聞こえる。

「斬られ……た？」

言葉がはっきり出ない。直ぐに立っていられなくなった。大きく転んだ時、暗い中、駆け寄ってくる足音を聞いた。

「原田さん、ひっ、血まみれじゃないですかっ」

滝の声であった。これだけ暗いのに、よく離れた所から見えるものだと、原田は首筋を押さえつつ、感心した。今、そんなことを考えるのは、何か妙な気もしたが、段々……訳が分からなくなってくる。ああ、靖子は無事だろうか。

「原田さん、聞こえてますか、原田さんっ」

「……逃げろよ。まだいるぞ」

自分で言った言葉が、よく分からない。ああ、今斬りつけてきた剣呑な奴は、確かにまだ、この辺にいるだろう。何故、どうして自分は、斬られなくてはならなかったのだろうか。

原田は滝まで、斬られて欲しくはなかった。長い付き合いの同僚なのだ。

「ま、だ」

それにまだ、嫁さんを紹介していない。直ぐに子が出来たので、照れくさくて、会わせていなかったのだ。

けふっ。声が出ない。

するとこの時、側で刃が弾《はじ》かれる、堅い音が響いた。滝は自分とは違い、剣呑な人殺しの刃を、サーベルで受け止めたのだろうか。同僚が、そんなに強いとは思っていなかった原田は、気が遠くなる思いの中、少し口元を歪《ゆが》めていた。

何もかもが、本当に起きている事とも思えない。襲ってきた輩のものか、足音が遠のいてゆく。側で滝の声がした。

「直ぐに医者へ連れて行きます。原田さん、気を確かに持って下さいね」

滝が思わぬ強力《ごうりき》を発揮して、原田を一気に背へ担ぎ上げた。そしてそのまま鎧橋を目指し、驚くべき速さで駆け始める。

原田の家には、今、百賢達に向かって貰っている。きっと靖子は家にいて、大丈夫だ。

滝は河畔を走りながら、原田にそう伝えた。

（ああ承知した。済まないな。恩に着る）

原田は滝の背へ声をかけたかったが、何故だか言葉にならない。制服を血で汚してしまうのが、申し訳なかった。きっと、落ちにくいに違いない。

（悪いなぁ、滝よぉ……靖子を……）

滝が、「くそっ」とか、「畜生」とか、半泣きの声で言っているのが聞こえる。雲が月を隠したのか、また闇が深くなった。


高良田が、牛鍋の百木屋へ数日ぶりに顔を出すと、一階には巡査も、その友達の姿も見えなかった。高良田はちょっと首を傾げてから、二階へと上がってみる。だが、奥の座敷の方にも姿がないのを確認し、もう一方の座敷へと足を向けた。

すると、部屋内から滝の声が聞こえてくる。高良田は、呼ばれてもいないのに勝手に襖《ふすま》を開け……目を見開いた。

「原田さん、その包帯、どうしたんですか？」

思わず声を上げてしまう程、原田は首元をきっちり、包帯で巻き上げていたのだ。頭にも怪我《けが》をしているようで、こちらにも晒《さら》しを巻いている。

つまり原田はどう見ても、随分な大怪我をしているように見えた。だがそれでも寝付いてはいないし、食欲はあるらしい。これまた包帯を巻いた手で、牛鍋をせっせと食べていたのだ。

顔を上げ、高良田の顔を見ると、原田は口元を歪めた。

「おう、新聞記者か、入れ。でも、俺の怪我のことは不名誉故、書くなよ」

「一体、何があったんですか？」

「斬られた」

返事をしたのは、横に座っていた滝で、原田は細君に危害を加えると脅され、鎧橋近くへ呼び出されたらしい。そして暗い河畔で、誰ぞに斬りつけられたのだ。

「何と、今度は巡査さんが、斬られてしまったんですか。そうだ原田さん、妖だ。鎌鼬が出たんじゃありませんか？」

「鎌鼬？　ああ、聞いてた通り、記者は本当に何でもかんでも、妖のせいにするんだな」

だが、しかし。

「俺を斬った相手は、魑魅魍魎《ちみもうりょう》じゃあなかった。ちゃんと二本足はあったし、人の顔をしていたぞ」

第一鎌鼬ならば、斬る前に一々、脅しの文を書いて寄こしたりしない。多分、原田達が殺された面々の事を真面目に調べていた故、矛先が己へ及ぶのを恐れた犯人が、先に手を打って来たのだ。

「えっ、原田の旦那は……襲って来た相手を、ご覧になったんですか？　暗がりで襲われたって、今、滝の旦那が言われましたが」

高良田が顔色を変え、慌てて手帳を取り出し、犯人について詳しい話を聞き出そうとする。しかし原田も滝も、捕縛の邪魔になるからと、今日は頑《がん》として子細を話しはしなかった。

「少しくらい、お願いしますよ。原田の旦那。じゃあ……御細君は、ご無事で？」

「ああ、俺を呼び出すのに使った文は、嘘《うそ》だった。靖子は変わりなく、家にいたのさ。まあ、今は他所《よそ》へ移したがね。どこへって？　そいつは言えねえな」

何しろ犯人は、相手が巡査であっても構わず斬りかかってくる、凶暴な者なのだ。警察も、用心の上に用心を重ねて、事に当たらねばならないと、原田が口にする。つまり、先夜大いに懲《こ》りたらしい。

「高良田、お前さんも一回斬られてみろ。人間が真面目になるぞ」

「原田さん、真面目になったんですか？」

声をかけてきたのは、一階から茶を持って来た百賢で、皆の湯飲みに茶を注いでまわった。だが高良田を見ると、半眼になる。

「記者さん、いい給金を貰っているんだろう？　牛鍋屋に入って何も注文せず、喋《しゃべ》ってるんじゃないよ」

「いやその、今日は昼餉《ひるげ》をもう、食べていて」

「じゃあ酒でも頼んでくれ。百木屋はただで休息出来る、お休みどころじゃないんだ」

「おや、今日の百賢さんは、何だか機嫌が悪いや」

しかし、まだ働かなくてはならないので、真っ昼間から酒を飲むわけにはいかないと、高良田はしおしおと部屋から出て行く。襖を閉めると背後の部屋で、原田が滝に語り始めた。

「なぁに、斬った奴の顔は、しっかりこの目で見ている。直ぐに捕まえてやるさ」

数多《あまた》の警官達が今、同僚を殺しかけた輩を捕まえる為、帝都を駆け回っている。程なく似顔絵に似た男で、刀を使える輩の名が、幾人か上がってくるだろう。

すると滝が、原田が襲われた件は、別の事件に繋がっているのではないかと、考えを言った。

「原田さん、首を斬りつけてくるところが、似てると思いませんか。ええ、先だっての五人殺しですよ。川上重十郎さんは、首を斬られていた」

原田が斬られた場所は、殺された五人が浮かんでいた所と近いのだ。すると赤手やお高までが、あれこれ言い始めた。

「太刀筋《たちすじ》が似てます。同一犯じゃないでしょうか」

「五人を殺した犯人なら、共犯がいるかも知れないわ。川に浮かんでいたから、殺された人達は、舟で運んだかもって思うけど。でもね」

全員を一人で運ぶのは、相当大変な筈だと、お高は口にしたのだ。きっと誰か、殺しに協力した者がいる。

（こりゃ、鋭い……）

高良田は話に聞き入っていて、なかなか二階から降りる事が出来なかった。すると。突然襖が開き、拳固を喰らって、思わずしゃがみ込む。顔を上げると、怖い顔をした百賢が睨《にら》んでいたので、高良田は大急ぎで百木屋の階段を下っていった。

5

『悪鬼、笹熊《ささくま》捕まる。彼もまた、妖の一人か』

週が改まったところで、新聞の一面に、また妖という字が現れた。笹熊という男が、五人もの人を殺した鬼のごとき犯人として、捕まったのだ。

一紙だけでなく、多くの新聞が怪異を絡めて、笹熊の事件を書いたものだから、まるで妖怪の記事ばかりが、店先に並んでいるかのような有様であった。

もっとも犯人の笹熊は妖ではなく、正真正銘人であったから、正確に言うと悪鬼のごと恐ろしい男、という意味となる。そして記事を読み進めると、捕まった時、笹熊は既に、遺体となっていた事が分かった。

『ああ、警察の手が我が身に迫りしを悟り、悪鬼笹熊は観念したものか。自宅にて服毒を図り、子細を語ることなく逝《い》ぬ』

世間は、困窮した士族の悪行にて、金目当ての物盗《ものと》りであったらしいという文面を読み、あれこれ噂をした。しかし当の犯人が亡くなったからか、その噂も早々に消えてゆく。

事は解決し、犯人は死んで、世の中は一つ安全になったのだ。何故五人が殺されたのかとか、どうして重十郎だけが、斬られたのかという疑問は、もう決して分からない事として興味が薄れてしまった。

それに、亡くなった五人の不在は早々に埋められ、過去の話となり始めていた。川上重十郎が盛り場からいなくなっても、直ぐ、似たような男が後を仕切っている。隠居や老女の死は受け入れられ、大人しかった娘や、行いのかんばしくなかった息子の記憶は、日々の向こうに追いやられつつあったのだ。

ところが。

恐ろしい輩が捕まり、皆がほっと息をついているというのに、一人不機嫌な表情を浮かべている男がいた。高良田だ。

「おや記者さん。どうしたんだい？　浮かない顔をして」

鉄道馬車や、多くの人々が行き交う煉瓦街のアーケード下で、昼時、突然後ろから声をかけられ、高良田は一瞬、びくりと肩を震わせた。振り向くと、目の前に滝の品の良い顔があった。長めのコートを着て、サーベルを下げている。

「これは巡査さん。何故ここに……ああ、巡邏《じゅんら》中なんですか」

「高良田さんは、仕事で他出かな。ほお、泥棒事件について、聞きにいっていたのか」

京橋で起こった件と聞き、滝は直ぐに何の話か分かったようで、頷く。すると高良田は顰め面のまま、今回盗みに入られたのは、先だって亡くなった金平とお子の家、金屋ですよと言って、滝の顔を覗き込んだ。

「金平さんが朝起きたら、金箱が開けられてたようです。中にあった筈の金子《きんす》は空っぽ。それどころか、店の掛け売りを記した帳面、何でしたっけ、そう通い帳まで、そっくりなかったとか」

「通い帳が消えた？」

自分はその件を担当していないので、そいつは知らなかったと、滝が眉を上げる。掛けで品物を買い、月末や盆暮れに支払うというやり方は、良くあるものであった。だが、そういう商いをしているとき、誰に何を売ったか記帳してある通い帳を無くすと、帳面と共に、店への支払いが消えてしまう。

「金屋は今、大騒ぎです。現金もやられたんで、これじゃ当座の支払いも出来ない」

それでおかみが、亡くなったとお子の着物をまとめて、質屋へ持って行ったらしい。着物は、とお子の従姉妹達がそっくり受け継いでいたので、随分惜しんだという。

「やれ、娘達は家の大事より、着物が気に掛かるか」

面白い記事が書けそうじゃないかと滝が言う。この件こそ、妖の仕業かもしれんと付け加えると、高良田は首を横に振った。

「この有様じゃ、金屋はこの先、店が立ちゆくかどうか分からない。下手な事を書いたら、新聞のせいで店が傾いたと、逆恨みされかねません」

つまり新聞には、通り一遍、報告するものを短く書き、それで終わりとするしかない。

「成る程。難しいもんだな」

滝は笑うと、忙しそうだからこれでと言い、立ち話を切り上げ巡邏に戻る。だが、数歩歩いたところで足を止め、高良田の方へ振り返った。

「ああ、そうだ。笹熊の殺しに関係あることを、最近聞いたよ」

とお子と一緒に亡くなった神田の隠居、大町惣兵衛の事だ。何でも惣兵衛の隠居所には、本家の女中が通い、家の事を切り回していた。その女中の子が、いつの間にやら惣兵衛の、自慢の財布を使っていたのだ。

似合わぬ大枚を持っている者がいると、警察に通報する者がいて、男は神田の警察に引っ張られたらしい。

「男は、惣兵衛に財布を貰ったと言ったそうだ。だけど隠居が、中身の大金ごとやる訳がない。警察は、その男が惣兵衛の首の骨を折って、殺したと睨んでるよ」

「えっ、でも五人は、笹熊に殺されたんじゃ」

「笹熊がまず四人を殺して、川へ遺体を捨てた。そちらの方が、先に起こったんだ」

女中の息子がその四人の遺体を、たまたま見つけたのだ。男は今なら惣兵衛を殺しても、ごまかす事が出来ると考えた。四人の遺体の脇に、惣兵衛の遺体も置いておけばいいのだ。

「神田は、江戸橋からも近い。その近さが、悪心を呼んだのかな」

実際、通報がなければ、惣兵衛も笹熊が殺したとして済んでいただろう。

「……たまたまですか。何だか都合の良い話ですね。滝の旦那、そんな記事を書いたら、上司に嫌みを言われそうだ」

「はは、文句は捕まった男に言ってくれ」

滝は明るく笑うと、華やかな煉瓦街を、ゆっくりと遠ざかってゆく。

「そろそろ今回の殺しとは、縁を切りたいもんだ」

高良田は一つ首を振ると、渋い顔のまま多報新聞へ帰って行った。

ところが。縁切りと言ったのに、高良田はまた直ぐ、五人殺しの話と関わることになった。

「巡査さん、滝さん、こちらに来ておいでだって聞きましたが」

二日の後、牛鍋屋百木屋に駆け込んだ高良田は、遠慮もなく二階へ顔を出した。

「殺しの被害に遭った方が、妙な事に……」

だが、小座敷へ首を突っ込み、昼餉を食べていた四人に喋りかけたところで、高良田は言葉を失ってしまった。つい先日、あちこちに包帯を巻き付け、目立つ程大怪我をしていた筈の原田が、あっさり包帯を取り、小部屋で鍋を食べていたのだ。

原田は首を斬りつけられた筈なのに、目を凝らして見ても、怪我の跡すら見えない。そしてお高も赤手も滝も、それを訝《いぶか》る風もなく、共に食べつつ何やら話していたのだ。

「あの……原田さん、もう怪我はいいんですか？」

言いかけていたことを呑み込んで聞いたが、原田は「治った」と言う。そして金屋の件は、警察は口を挟まないと、先に言い切ったのだ。

「か、金屋がどうかしたんですか？」

「あんた、その話をしにきたんじゃないのか？」

先だって泥棒に入られた金屋は、やはりあっという間に、店を続けられなくなったのだ。何より、通い帳をそっくり失った事が痛かったという話だ。大きな借金が出来たとかで、このままだと二人の娘が、身売りをする羽目になるという噂が立った。

　ここで原田がにたりと笑う。

「そうしたら金屋の奴、一家で夜逃げをしたんだ。借金、踏み倒してな」

　姪《めい》が亡くなって、せっかく手に入った店も金も、一気に失ってしまったなぁと、原田が何やら意地の悪い事を口にする。しかし金屋は、娘達までをも失うのは耐えられなかったのだろう。

「さて、逃げ切れるかねえ。言っておくが、夜逃げの事まで警察は面倒みんぞ」

「……そうですか。あ、いや、私は金屋の件は、初耳です」

　高良田は、寸の間呆然《ぼうぜん》としていた。だが一つ首を振った後、先刻起こった別の諍《いさか》いについて、滝達に話したのだ。

「亡くなった中村太助さんの父親が、平井という人と揉めまして」

　平井は中村の家近くの店主だそうだが、そこの娘が去年死んでいる。どうやら太助の子が出来たのだが、若い太助は母子を引き受けようとはしない。娘はその子を堕ろそうとした時、亡くなったという話であった。

「去年の話ですか？　今頃その娘さんの親御が、中村さんに文句を言ったの？」

　お高が口を挟むと、高良田は首を横に振った。

「いや、先に食ってかかったのは、中村さんの方なんだ。誰かが吹き込んだらしく、太助が殺されたのは、平井さんが笹熊に、太助を殺してくれと依頼したからだと言い出して」

娘の死は、太助のせいと公言していた親は、当然言い返す。大喧嘩になり、中村は平井の骨を折り、病院に入院させてしまったのだ。

「当然というか……捕まりました」

笹熊という犯人が死に、収まったと思えた五人殺しは、今頃になって、周囲の者達へ凶事をもたらしているかのようであった。

すると滝が、いつの間にやら高良田の近くに来ていた。整った顔で、怖い事を言ってくる。

「でもさ、笹熊はどうして平井の娘さんの、仇《かたき》を殺したのかねえ」

刀は使えるが、食い詰めてしまった武家であった。義俠心《ぎきょうしん》だけで、人を殺《あや》めたとも思えない。

「金を貰い、人を殺める事を生業《なりわい》にしていたのかも、しれないね」

もしそうであれば、一度に五人殺された事も、納得いくと滝は言い出した。

「被害に遭った五人に、関係などなかったんだ。ただ似た時期に、笹熊が殺しを頼まれた人達。それだけの間柄だったのかもしれん」

いや、大町惣兵衛は便乗しての殺しだから、笹熊に殺されたのは、四人だ。一つ所に浮かべていたのは、そうすれば四人の繋がりを捜すであろうから、却《かえ》って殺したのは誰か、分からなくなると踏んでの事かもしれない。

「うん、この考えは当たっているな」

滝は一人で納得している。しかし妙な点も残っていた。

「真っ当な世渡りも出来ずに、人殺しに落ちぶれた男が、どうやって一度に数人から、殺しの依頼を受けるような、器用な事が出来たんだ？」

人に知れたら、我が身の命が危うくなる事であった。多分笹熊にとっては人を斬る事よりも、その前後で必要な、事の依頼や金の受け渡しの方が、大変であったに違いない。

「笹熊は、誰か世間の噂に詳しい奴と、組んでいたんじゃあるまいかね」

滝など、最近はそんな風に、思える事が多いのだという。そしてぐっと、その整った顔を、高良田へ寄せてきて問う。

「どう思う？　世情の事なら、そりゃ詳しい記者さんは」

「これは……凄《すご》い推理ですね」

記者故か、高良田は新しい言葉を口にする。でも、自分は関係ありませんからと一応断ってから、何だか食欲が失《う》せたと言って笑った。今日高良田は、鍋を食べもせず、百木屋から帰っていった。

6

銀座四丁目の朝野新聞前を、馬車が行き過ぎる。それと行き違うように、何台かの人力車が人を運んでゆく。

夕刻、社から外へ出た高良田は、寒さを感じて、コートのボタンを胸元まで留めた。そして人の間を縫うようにして、交差点角にある交番へ顔を出した。

「ちょいとごめんなさいよ。おや、今日は原田の旦那と滝の旦那は、お見えじゃないんですか？」

当直の巡査に聞くと、原田は巡邏《じゅんら》中、滝は非番らしい。そいつは困ったなと高良田は言い、風呂敷に入った荷物を、交番にいた巡査へ見せた。

「お二人への、預かり物なんですが」

何が入っているか自分も知らないので、持って帰れないという。直ぐに食べなくてはならないものであったら、腐ってしまいかねないからだ。

「ああ、ならそこへ置いておけ。原田さんは暫《しばら》くしたら、戻って来るから」

高良田は当番の巡査に礼を言うと、風呂敷包みを交番奥の机に置いた。そして、原田は怪我以来、やはり体調が悪いと聞いた。大丈夫なのかと、世間話を口にする。

「おや、原田さんは全く心配ないと言っていたが。やっぱり体に響いていたのか？」

同僚である巡査が、心配げな表情を浮かべる。何しろ斬られた直後、原田は総身を、包帯でぐるぐる巻きにしていたのだ。高良田が頷いた。

「無理をされると、あれこれ障ります。ゆっくり休まれたらいいんですがね。来年はお子さんも生まれるって話ですし」

「おや、そうなのか。初耳だな」

巡査に礼を言うと、高良田は早々に己の新聞社へ戻っていった。あれこれ片付けていると日は落ちてきて、煉瓦街の街灯に明かりがつく。

高良田は、日本橋から少し東へ行った辺りに、こざっぱりした家を借りていたが、今日は少し足を延ばし、深川の方へ飲みにゆくつもりであった。そちらの小料理屋には、馴染みの女がいた。

永代橋を渡ろうと、まずは煉瓦街の多報新聞社近くで、のんびり寛《くつろ》いでいた車夫へ声をかけた。京橋を北へ行くよう指示し、一旦八丁堀の方へ出てから左へ曲がり、川へ突き当たる所までゆく。後は川沿いに真っ直ぐ行けば、じき永代橋が見えてくる筈であった。

ところが。

街灯もある大通りから外れた上、月が雲に隠れたものだから、車夫が車を止め、提灯を点《つ》けたいと言い出した。確かに川沿いの暗い道は、急に人の姿がなくなり、明かりの一つも無ければ何とはなしに怖い。

高良田が承知すると、車夫はどこに提灯を入れてあるのか、後ろへ回り込む。そして。

随分と待っても、車と高良田を川沿いの道に置いたまま、姿を現さなかったのだ。

「おい、車夫。どこへ行ったんだ。客をそう、待たせるもんじゃなかろうに」

暫くはそのまま車の上で待ったが、とにかく車夫は戻ってこない。何故だか、近くに人の居る気配すらしなかった。「なんだ？」そのまま、月も出ていない夜の土手で、随分と一人待ち続けたが……じきに耐えきれなくなり、高良田は車から降りた。

「なあに、ここまで来れば、深川もそうは、遠くないさ」

車代が幾らか浮いたのだから、却って幸運、などと独り言を言いつつ、高良田は小走りに道を歩み始める。

だが歩いていると、この場が先だって五人が殺されて、川に浮いていた辺りだと気がついた。多分そのせいで、暮れてからは人が近づかないのだ。足音一つ聞こえて来なかった。

「畜生、今日は早めに、深川へ行っておきたかったのに」

思わず、また声を漏らす。

すると、だ。人の気配は無かったのに、闇の中から急に、返答があったのだ。

「原田さんが毒を飲んで死んだ刻限、遠くにいたと、言ってくれる人が欲しかったのかな？」

寸の間、高良田は総身が固まったかのように、その場に止まった。そして直ぐ、そのもの柔らかな声が、誰のものであるかを思い出す。

「滝の旦那。非番だとお聞きしましたが、深川へでも、お行きでしたか？」

すると暗い中、闇が形を取ったかのように、滝の姿が浮かび上がる。滝はにこりと笑うと、すいと、日本橋の方角を指さした。不思議な事に、今も月明かりは無いのに、その姿はよく見えた。

「先だって原田さんが斬られたのは、もう少し橋寄りかな。剣呑な場所だよね」

あの時、原田の首からは、噴き出すように血が流れていた。自分は友を背負い、必死に医者へ走った。なのに。

「幾らも行かないうちに、原田さん、動かなくなっちまったんだ」

もう手当をしても無理だと、素人《しろうと》の己にも分かった。原田の血で、滝の体は濡れていたのだから。

「えっ？　原田さんはお元気ですよ。包帯だって、直ぐに取れたじゃないですか」

だが滝は、高良田の言葉を無視して、先へ話を進めてゆく。

「犯人を、逃すものかと思ってたよ。だけどさ、笹熊の野郎、さっさと死んじまって」

しかし、だ。その死に方は、滝に不信を持たせるものであった。何故なら、原田が顔を見たと告げ、警察の手が伸びると言うと、すぐに笹熊は死んだのだ。

「そ、そうですよ。原田の旦那は、笹熊の顔を見たって言ってました。死んじゃいませんよ」

高良田は早口で話した。笹熊は捕まるのが怖かった。それで自殺したと世間では言われているのだ。すると滝は、そうかもしれないなと、やんわり言う。だが、そうではないかもしれない。

「笹熊は、世渡りが下手だった。だから落ちぶれたんだ。つまり、そんなあいつを補って、殺しの仲介をしていた誰かがいたのさ」

殺したい相手がいる者の心の闇に、そうっと囁《ささや》く者だ。幾ばくか金銭を渡せば、後は笹熊のような者が、始末をしてくれると、そそのかす者だ。金めあてに罪を犯したのか。人の生き死にを、左右する事を楽しんだ悪党か。

「今はまだ、そいつの名は表に出ていない。しかし笹熊が捕まれば、当然その名も語られるに違いないからなぁ」

だからそいつはつい、笹熊の湯飲みに無味無臭の毒を、入れてみたくなったのかもしれない。先程高良田が巡査派出所へ預けた酒に、入っていた薬と同じだ。

「あ、あたしが預けたのは、人に頼まれたものです。派出所でも、そう言いましたが」

「用心深いよねえ。高良田さんて」

　滝が側へ近寄ってくる。

「でも、私達もあの酒の事だけで、あんたを疑っている訳じゃないんだ。決定的だったのは、原田さんの奥さんのことさ」

　ほら、原田さんを呼び出した、あの手紙の事を覚えているかと言って、滝は暗い中、真っ直ぐ高良田を見つめてくる。

「お前さんは、百木屋の二階へ来るのが一足遅れて、聞いちゃいなかったろうが、原田さん、奥さんのこと、まだ周囲へ余り言ってなかったんだ。勿論、身重だなんて、知っている人はごく限られてた」

　どう考えても、見も知らぬ誰かが、脅迫用に使う話では無かったのだ。つまり。

「あの書き付けを寄こした誰かは、原田さんに御細君がいて、しかも懐妊されていることを、承知していた。しかし、そんなことを書いたら、後で誰だか特定されてしまうとは、ついぞ思わなかった奴なんだ」

「で、誰だって言うんですか」

「そりゃ、あんたしかいないだろうよ」

　その声は、突然背の方から聞こえて来た。思わず暗い川縁を振り向くと、そこに、話に出ていた当人、原田が立っていた。

「俺に子が出来たと知っていた友は、俺が妻の事を、まだ余り人に話していないことも、承知してた」

片方しか知らないのは、聞きかじっただけで、親しくはない者だ。つまり、百木屋で原田達の会話を聞いていた、高良田に違いない。

「……そんな、証拠もないものを」

高良田がぐっと声を潜めると、原田が小さく笑い出す。今宵、滝とこの土手で待っていたのは、証拠探しの訳ではない。ましてや高良田に、今更反省を望んでもいない。今日謝っても高良田は、またその内、掌《てのひら》を返すだろう。

「それに、さ」

原田が一歩、近寄ってくる。高良田は逃げようとして、後ろを滝が塞《ふさ》いでいる事に気がついた。

「亡くなった原田さんには、恩がある。原田さんの名を使って、随分、勝手をさせてもらった。本当に、あれこれ楽しかったよ」

脅迫の文が来たあの日、自分の方が派出所にいれば、むざむざ殺されはしなかったのにと、原田は言い出す。まるで……原田そのものの顔をして、原田の声で喋っている己は、原田ではないとでも、言っているかのようであった。

高良田は唾を飲み込むと、一寸両《ちよつと》の手を握りしめた。

（もしかして……いたのか？）

自分が新聞に書き散らしたように、江戸から明治へという時の流れを乗り越え、人とは違う者どもが生き延びていたのだろうか。アーク灯の下、平気な顔で、人に交じり暮らしているのだろうか。

その中のある者は人の振りをして、時々本物と入れ替わり、楽しんでいたというのか。

「じゃあ……あんたは誰なんだ？　原田さんじゃなかったら、誰だっていうのさ」

「……」

原田が何か言ったのは分かったが、聞こえてはこなかった。気がついた時、一陣の風が起こり、高良田は首筋に、火のような熱さを感じていたのだ。己の身が、川へと転がり落ちるのを止められなかった。あっという間に、水にのまれた。

（嘘だ）

信じられなかった。誰も、自分を斬る程には、近くにいなかった。そう、これではまるで、本物の鎌鼬に、斬られたかのようではないか。

（そんな）

ぞっとする水の冷たさに、総身が包まれる。力が入らない。何も出来ない。

「あんたは、杭になんか引っかかって、俺達に手間を取らせるんじゃないよ」

滝の冷ややかな声が聞こえてくる。隅田川の一番川下に掛かる、永代橋も近い。下手をすると、誰にも見つけてもらえないまま、海へ流れて行ってしまうかもしれない。いや、その前に……。

（く、苦しいっ）

首から血が流れ出したせいか、着ているコートが重いからか、体が浮かず、水底へと引き込まれて行く。それでも一瞬、必死に浮かび上がると、滝と原田の会話が聞こえて来た。

「原田さん、もう一人の原田さんが残した家族、暫く面倒見て下さいね。お子さんがもうすぐ生まれる。奥さんは当分働けませんから」

「分かってるよ。おや、あの悪党ときたら、まだもがいてる」

すると、人を殺す事に躊躇《ちゅうちょ》などなかったのに、あの男、殺される事は嫌なのかと、笑うような言葉も聞こえてくる。二人とは別の声であった。先刻の、車夫のもののような気もした。そういえば、百賢の声と似ているとも思った。

（誰だってそうさ……きっと、そうだっ）

頭が痺《しび》れるようだ。思わず口を開きかけ、水を飲み込んでしまった。苦しい。一気に沈んでゆく。苦しい。

（原田、あいつこそ……鎌鼬なのか）

再び浮き上がる事はないと分かった。

第四話　覚り　覚られ

1

夜も遅い、銀座の煉瓦《れんが》街でのこと。

既に閉店の札を掛けた牛鍋屋、百木屋の戸を叩《たた》く者がいたので、主《あるじ》の百賢は大きな肉切り包丁片手に、そっと表をうかがってみたのだ。

すると、そこには馴染《なじ》みの客、原田、滝巡査の姿があった。

「おや、今日は随分と遅くに来たんだね」

二人は客と言うより、友であったから、百賢は戸を開け店へ誘《いざな》う。

ところが入って来た姿を見て、百賢や、店にまだ残っていた常連の赤手が声を上げた。

「わーっ、原田さん、滝さんっ。どうしたんですか、それ」

原田はぐったりした様子の男を背負っていたのだ。

客間に残り酒を嗜《たしな》んでいた常連のお高も、目を見開く。

「あらま、そのお人、誰?」

一階、客間の端へ男を下ろすと、原田は主の百賢に頭を下げる。

「百賢さん、済まん。仕事中、たまたま助けた男なんだが、ご覧の通り気を失っていて、名も分からんのだ。仕方なく連れてきた」

こう遅くては、医者を見つける事も出来なんだと、原田は溜息《ためいき》をつく。もう一人残っていた客、赤手が男の首へひょいと手を当て、大丈夫生きていると言うと、百賢はほっとした表情を浮かべる。

「死体じゃないなら、構わん。店の端へ転がしとけば、その内起きるだろ」

原田達はもう一度頭を下げた後、客間へ上がり、とにかく牛鍋と酒を頼む。百賢が台所へゆくと、お高が先に二人へ酒を差し出した。

「疲れた顔ね。何があったの？」

気軽に問うたが、直ぐにその顔を顰《しか》める。原田の横に座った滝が帽子を取ると、頭に血がこびりついていたのだ。

「あれま、大変」

お高は酒杯を置き、懐から急いで、小さな薬の入れ物を取りだす。赤手が台所へ走り、百賢と二人、水の入った盥《たらい》やら手ぬぐいやらを運んできた。

「滝さんが怪我《けが》するなんて、どうしたんだ？」

百賢が眉を吊《つ》り上げ、畳の上に転がした男を見る。しかし原田は、そいつがやったんじゃないと、首を横に振った。

「滝さんを殴ったのは、壮士《そうし》だよ。最近、あちこちでうるさく騒ぐやつらだ」

赤手が手ぬぐいで滝の血を拭いつつ、眉根を寄せる。

「壮士って、自由民権を訴え演説なぞしてる、あの輩《やから》ですよね？　最近は団体を作って、まるで江戸の頃の親分達のように、幅をきかせているって聞きますが」

袴《はかま》をはき、帽子とステッキを身に着け、書生のような、和洋折衷《せっちゅう》の姿で世を闊歩《かっぽ》しているのだ。元は勇ましく、国事へ意見する者達であった。だが最近は人を脅す壮士も出てきて、人々が彼らを見る目も段々冷たくなっている。

原田が溜息をついた。

「壮士らは今日、何を訴えてたんだっけな。何しろ枢密院《すうみついん》が出来たと言っちゃ騒ぎ、大日本帝国憲法案にもの申すと言っちゃ大声を上げてる。一々覚えてもおれん」

最近は帝国議会の事とか、新聞への弾圧に対しても、あれこれ言い立てている。とにかく、諸事に騒いでいる輩であった。今は多分それが、飯の種になっているのだろう。

「その壮士達が、何で滝さんに怪我をさせたんだ？」

百賢が、よく分からないぞと、台所から真剣に聞いてくる。滝が答えようとして、

「うっ」と声を上げたものだから、お高が笑みを浮かべた。頭に塗った薬が染みたのだ。

「よく効くお薬なのよ。巡査さんなんだから、我慢しなさい」

「巡査って、そういう事まで、見栄《みえ》を張るべきなんですか」

「そォよ、知らなかったの？」

笑いつつ、それにしても滝を傷つけるなど、相手の壮士は身の丈六尺、鬼のような男かとお高が聞く。滝は、手間をかけた友らへ礼を言い、皆へ酒を注いだ後、事情を語った。

「今日俺達は、壮士達の集会へ、警備に行きました」

巡査は下っ端の警官だから、巡査派出所の勤務、流行病《はやりやまい》への対処、江戸の頃なら親分と言われていたような、乱暴な壮士達への対応等々、何にでも駆り出される。

だが滝達が集会へ行くと、今日の壮士らの会は、何時《いつ》になく荒れていたのだ。

「最近、壮士同士の争いでも、あったんでしょうかね。気がついた時、会場の中は三つに分かれてたんですよ」

いつもなら、壮士は警備の巡査達を敵対する者とみなし、野次を飛ばし威嚇《いかく》をする。ところが今日は壮士同士が、鋭い目を向け合っていたのだ。

その内、演説の途中で非難合戦が始まり、それが小突き合いに変わり、じき、殴り合いにまで化けていった。互いに知った相手だからか、一旦たがが外れると、感情がむき出しになってしまったのだ。

滝がここで、息を吐いた。

「俺は是非、放っておきたかったんだけど」

だが乱闘の途中、会場内にいた男が一人、押し倒された。間の悪いことに、他で喧嘩《けんか》をしていた大勢に踏みつけられ、そのままでは死にかねない。

「そいつが、今そこに転がってる男です」

仕方なく、揉《も》めている男らの中へ滝が突っ込み、男を外へ運び出そうとした。すると、喧嘩の輪の中に現れた制服姿は、嫌われたらしい。男を抱えて手が塞《ふさ》がっていた滝は、木刀のようなもので殴られ、怪我を負ったのだ。

「原田さんが直《す》ぐに、官棒をふるって助けてくれました」

うんざりした二人は、運び出した男を医者へ連れてゆくと言い、乱闘中の者どもを他の巡査へ押っつけ、その場から離れた。しかし遅い刻限なので医者など見つからず、腹も減ったゆえ、男と共に百木屋へ転がり込んだという訳だ。

すると、赤手が首を傾《かし》げた。

「昨今、壮士の行いは目に余ります。でも巡査が大勢いるところで、そこまで暴れるとは珍しいですね」

「そりゃ大変だったな。とにかく食べてくれ」

百賢が二人の所へ、牛鍋と、飯がたっぷり入ったお櫃《ひつ》を運んでくる。原田達は、本当に嬉《うれ》しそうに箸を取り、食べようとして……突然手を止めた。

先程まで、死体の親戚だった男が起き上がり、二人の鍋を覗《のぞ》き込んでいたのだ。

「あの、私の分は……どこにあるんでしょう」

男は間の抜けた声を出し、三つめの牛鍋を捜して、きょろきょろと辺りを見回している。頭も殴られたのか、まだ夢から覚めていないような、心許《こころもと》ない顔をしていた。

「『さとり』の事は、一旦後まわしにします。とにかく、腹が減ったんです」

「へっ？　なんだそりゃ。お前さん、牛鍋を食いたきゃ金を払うんだな」

「えっ……金？」

己がどこにいるのか、まだ分からないようで、男は大きく首を傾げた。

2

「原田さん、滝さん、助けていただき、ありがとうございました。私は青山《あおやま》と申します。代言人《だいげんにん》です」

百木屋へ来た事情を原田が簡単に伝えると、男は頭の霧も晴れたようで、頭を下げ名のってきた。新たに鍋を運んで来た百賢が、その出で立ちへ目を向ける。

「代言人か。そう言えば紋付きの羽織袴を、着てるねえ」

これで帽子を被《かぶ》りステッキを持てば、確かに、よく見る代言人の姿であった。しかも青山は膨らんだ財布を持っており、牛鍋代の支払い時にそれを見た原田が、随分裕福そうだと羨ましげに言う。

原田は勝手に一杯、青山の酒を飲むと、一つ問うた。

「青山さん、あんた代言人だというが、壮士の集まりで、何をしてたんだ?」

あんな物騒な所にいるから、殴られ踏みつけられ、大変な目にあったのだ。おかげでこちらも、助け出すのに一苦労したと、滝の頭の晒《さら》しを指さす。

すると青山は一度箸を置き、改めて巡査達へ頭を下げる。そして、騒ぎに巻き込まれた理由を口にしたのだ。

「あの、私はあの場所へ、引き受けた仕事の事で行ったんです。こう見えても依頼人を抱える、免許代言人でして。ええ、三百代言《さんびやく》ではありません」

代言人は訴訟のおり、本人に代わり弁論するのを仕事としている。だが明治の初めには資格も無しに、安い代金、例えば三百文で事を引き受け、詭弁《きべん》をろうする者がいたのだ。それを世の中では三百代言と言い、蔑称であった。

「免許代言人さんが、壮士とお仕事をしてるのか?」

青山は、自分は人捜しに行ったのだと口にする。しかし。

「詳しくは話せないのです。代言人は、依頼人の事情を、他所《よそ》へ話してはいけないので」

するると赤手がにこりと笑った。

「おや、『さとり』さんを、捜しているんだと思ってました。もしかして、ご婦人じゃないのかなって」

妙齢の麗しきお人なのかもと、赤手は勝手に想像していたのだという。すると青山の表情が、一瞬強《こわ》ばった。

「えっ、どうしてあなたが、『さとり』の名前を知って……」

「さっき青山さんが、自分で口にしてましたよ。『さとり』の事は、一旦後まわしにするって」

「そ、そうでしたか。いや、頭がぼうっとしてたからだな。その、つまり、私は『さとり』について、あれこれ言えないんですよ」

青山がそっぽを向いたので、原田が苦笑を浮かべる。

「おや、秘密の人捜しだったんだ。でも青山さん、あんたさっきの会場で、『さとり』を捜してたんだよな？　つまり名を出して、見知った者がいないか問うて回ったんだろ？」

ということは、あの場にいた大勢が、『さとり』の名を知ったことになる。

「今更隠しても、始まらないだろうに」

壮士達が、噂話《うわさ》が嫌いだといいなと、原田は笑っている。

「巡査達の間などでは、様々な噂があっという間に、広く伝わってゆくぞ」

犯罪人の話を教え合わねばならないという事もあるが、派出所で長く顔を合わせているので、つい、話に花が咲くのだ。

「壮士達とて、話すのが仕事のようなものだろ。いや、心配な事だ」

「そ、そうですよね。ああ、どうしよう」

青山は、驚いたようであった。どうやら『さとり』の件では、大いに困っているらしい。

「とにかく、だ。これからは俺達巡査に迷惑が掛からぬよう、頑張ってくれ」

原田が勝手を言い、滝は、ひたすら飯をかっ食らっている。百木屋の場所を教え、牛鍋を食い終えたら、自分で帰れよと青山に告げた後、二人は、もう青山には興味が失《う》せたように食べ続けた。

すると。

青山は、何故だか原田と滝の制服へ目を向け、牛鍋を食べもせず、しばし考え込んでしまったのだ。

それから随分長く俯《うつむ》いていた後、一杯酒をあおる。そして、青山は意を決したように一つ頷《うなず》くと、百木屋にいた皆に、『さとり』の事を話したいと言い出した。

「おや、代言人さん。仕事の話をしちゃ、いけないのでは?」

「滝さん、それはそうなのですが、このままじゃ、事が進まない気がして参りました」

青山は、何やら事情を抱えているらしい。そして、思わぬ事を言い出したのだ。

「実はですね、私の依頼人は、知り合いが、『さとり』ではないかと考えているのです」

依頼人は、知りあいの素姓を知って驚いた。何しろ『さとり』は、人ではないのだから。

「あら、じゃあ何だっていうのかしら」

お高が、目を細める。すると青山は少し言いよどんだ後、小声で口にした。

「ご存じないですか。『さとり』は妖《あやかし》なのです」

「え？　妖？」

百賢、赤手、お高、滝、原田の目が、代言人を見つめた。青山は語り続ける。

「『さとり』は、よく人の言をなし、相手の思いを覚《さと》る事が出来る、怪しの者だということです。それ故、『さとり』と呼ばれているそうで」

依頼者は故事に詳しく、その妖の凄さを分かっていたので、知り合いが本物の『さとり』かどうか知りたいと依頼者は思ったようだ。江戸の頃の画図《がず》には、その姿と説明が書かれていた。確かに存在した妖であるらしい。だが周りには、『さとり』を判別できる者がいなかった。

「へえ」

滝が牛鍋の前に座ったまま、口の片端を引き上げる。

「代言人さんは、その知り合いが『さとり』かどうか、調べる役を引き受けたんですね。つまり、この明治の世に、そんな妖が生きてるかもしれないと思ってるんだ」

百木屋の客間が、寸の間静かになった。すると青山は、大きく頷いたのだ。

「だって、『さとり』が見つかったら、凄《すご》いじゃないですか。相手の考えを、『覚る』事が出来るんですよ！」

代言人の立場からすると、そのように素晴らしい力はないと、青山は言い出した。争いごとになっても、相手が嘘《うそ》をついているか否《いな》か、簡単に見抜けるのだ。

「素晴らしい力です」

しかし、だ。『さとり』を詳しく知り、その事を証明してくれそうな御仁《ごじん》に、青山は未だ巡り会わない。実は今日も、壮士の一人が『さとり』についてよく知っているとの噂を聞いたので、青山は集会へ行ったのだ。

「ですが、全く駄目でした」

『さとり』の名を知る者にすら、出会わなかったのだ。長く一人で捜していても、手がかりすらなく、依頼人も青山も焦ってきていた。

だから。

「ですから巡査さんお二人と、百木屋の方々へお願いしたい。私は『さとり』が真実この世にいて、『覚れる者』であることを、明らかにしたいんです。手を貸しちゃいただけませんか」

例えば、それを証明してくれる学者など見つけてくれたら、依頼人から、いささかの礼などさせて頂くと言われ、百木屋にいた面々は目を丸くする。青山は牛鍋の横で、大真面目な表情を浮かべていた。

3

翌日のこと。原田と滝は、銀座煉瓦街の四丁目にある小さな巡査派出所で、男へ怖い顔を向けていた。

男は〝騙《だま》しの伊勢〟という二つ名を持つ、ちょいと危ない稼業の者で、二人とは馴染みであった。

「おい、伊勢。最近壮士と組んで、また馬鹿をしているそうじゃないか。よっぽど牢屋《ろうや》へ戻りたいとみえるな」

今回は、人を脅しているという噂を聞き、原田達はさっそく伊勢を、巡査派出所へ引っ張ってきたのだ。伊勢は奥の椅子に座り、両の眉尻を下げていた。

「は、原田の旦那。脅かしっこなしですよ。あたしは今、きちんとした先生の下で、書生のようなことをしてるんです」

勿論《もちろん》、脅しなどしていないと、伊勢は言い張る。

「書生？　お前がか？」

「へへ、いささか薹《とう》の立った書生ですが」

知り合いの壮士が、この後開かれると噂がある、帝国議会の議員選挙へ出ると言い出したのだ。結構名の通った壮士であるから、伊勢も本気で今、応援しているのだという。

「ほお、だから競争相手になりそうな他の者達を、お前が早めに脅してるんだな。相手の弱みを握り、選挙には出るなと言ってる訳だ」

「嫌だなぁ、滝の旦那。対立候補の噂を調べるのは、真っ当な活動なんですよ」

「おや、騙しの伊勢が、真っ当なんて言葉を使い出したぞ。こりゃ恐ろしい」

どうやら伊勢は、本気で仲間の壮士を、議員先生様にしようと考えているようであった。ここで滝が、腕を組む。

「原田さん、最近壮士同士が角突き合わせているのは、その、選挙とやらのせいでしょうかね」

目立ち、人に意見するのを壮士は好む。何人もの壮士が、衆議院議員になりたいと思い立っても、不思議ではなかった。

不確かな立場から、議員先生になるのだ。人から尊敬される。金も入る。

「やれ、ならば選挙の日まで当分の間、壮士達の騒ぎは続きそうだな」

原田は顔を顰め、彼らの様子をもう少し詳しく、伊勢から聞き出そうとする。するとその時、巡査派出所の戸が、不意に開けられた。見ると昨日現れた代言人、ステッキ片手の青山が顔を出していた。

原田と滝は、露骨にうんざりした表情を浮かべたが、青山はさっさと派出所へ入ってくる。喜んだのは伊勢であった。

「おや、どなたか、ご用のあるお人が来られたようだ。ならばあっしは、この辺で失礼しますよ」

派出所から、華やかな煉瓦街の通りへ、飛んで逃げてしまったのだ。

「あーっ、まだ話があったのに。青山さん、何で来たんだ？　昨日の妙な依頼は、きちんと断ったはずだぞ」

「滝の旦那、そう、つれない事を言うもんじゃ、ありませんて」

朝、一度来たが、いなかったので出直してきたと、青山は言う。

「今日は、昨日言い忘れたことを、説明に来たんです」

さすがは代言人と言おうか、ああ言えばこう言うで、青山は言葉では負けない。他の巡査がいないのを良い事に、さっさと椅子を見つけて座り込むと、話し始めてしまった。

「おいおい、本気で俺達を、己の仕事に使おうって腹づもりなのか？　呆《あき》れた奴だな」

「原田の旦那、巡査さんなんですから、困っている臣民を助けて下さいよ。警察ならば、お仲間に聞くという手が、使えるじゃないですか」

相手の思いを覚る事が出来る、『さとり』と思しき人が見つかった。どうも、本物に違いない。だから、その妖が本物だと、証《あかし》を立ててくれる者を捜して欲しい。東京府の巡査達へ、そう伝えてくれればいいのだという。

「それのどこが、巡査の仕事だっていうんだ！　そんなこと、出来るはずがなかろう！」

しかし怒鳴られてもめげず、青山は『さとり』の追加説明を始めてしまう。

「それでですね、『さとり』の外見を、言い忘れてました。一説に、大猿のような見てくれをしていると言われています」

しかし『さとり』は、山神の化身なのだ。

「山神でも、とにかく神と名のつく者です。今は容貌を変え、人の姿をしていても、おかしくはない。そう思いませんか」

そして青山の依頼人は、飛び抜けて推測が得意な、良すぎる程、勘の良い知人のことを、『さとり』ではないかと考え始めたのだ。

「彼が『さとり』の本物だったら、放っておくのは勿体《もったい》ない話です」

依頼人の為、出来たら青山の為にも、色々役に立って欲しい。いや、そう願っているのだ。

ここで滝が眉間に皺《しわ》を寄せ、青山の顔を覗き込んだ。

「へえ、依頼人と青山さんは『さとり』に、自分達の利益を期待してたんだ」

だが綺麗《きれい》な顔は、その男が万に一つ『さとり』だと分かっても、どうにもなりゃしないと言い切った。

「日《ひ》の本《もと》の神が、親切で都合の良いお方達だなんて、聞いた事がないぞ。妖だって、人に便利に使われるのは、ご免だろうさ」

それどころか日の本では古《いにしえ》より、神、妖共に、人へ祟《たた》る事も多い。死にたくないなら、怪異に関わる馬鹿はよせと、滝は口にした。

するると青山は、大真面目な調子で反論する。代言人は負けず嫌いと見えた。

「古来、人と交わって楽しく暮らした妖狐《ようこ》など、いくらもいたというではありませんか。昔の本に出ていたのを、読んだ事があります」

つまり妖と人は、仲よくやっていけるのだ。青山はそう信じているらしい。

「せっかく止めてやったのに、人の言葉を聞かねえ野郎だな」

ならば依頼人共々勝手にすればいいと、滝は突き放して横を向く。すると原田も、そろそろ帰れと青山を追い立てた。

「大体、『さとり』を捜して欲しいという依頼人の名も、『さとり』ではないかという男の名も言わず、巡査を代言人の使いっ走りにしようってのか？　あんたは信用出来ん」

するると青山は、泣きそうな顔になる。そして本当に涙を浮かべ、泣き落としに掛かってきたのだ。

「無茶言わないで下さい。代言人は依頼人の事情を、他言しちゃいけない決まりなんです。言いたくても、名前を出せないんですよ」

しかし原田は、野郎の涙など嫌いであった。

「自分の仕事は自分でやってくれ。そして今度壮士に踏まれたら、自分で医者へ行けよ」

「そんな冷たいこと言わないで。ああ、滝の旦那なら、分かってくれますかね」

その滝の旦那は、原田よりももっと、めそめそした男が嫌いであった。よって、巡邏《じゅんら》中の同僚が帰ってくると、代言人の襟《えり》首を引っ掴《つか》み、強引に、派出所の外へ放り出してしまった。

「二度と来るなよ。今度こそ、『さとり』の件はお終《しま》いだ」

ところが。三日後、原田と滝は、百木屋で愚痴を言う事になった。

「実はあの青山さんだが、あれから三回も派出所へ来たんだ」

その内一回は追い返した。次は巡邏に出ていて、原田も滝も、青山に会わなかった。しかし。

「今日もまた巡査派出所へ来たんで、捕まっちまった。あいつ、新たな話を抱えてきた」

　手強い代言人は、原田の冷たさも滝の無謀も全く気にせず、秋、鮭《さけ》が川へ帰るようにきっちり戻ってくるのだ。よって他の客達が帰った百木屋の一階が、原田と滝の溜息で満ちた。

「まめに会ってるなんて、青山さん、二人のお友達みたいよねえ。今日は何を話したの？」

　百賢や赤手、お高が、また面白い話が聞けるのではと、酒を片手に原田達の側へ寄ってくる。楽しげな様子の友らを見て、原田は口をひん曲げた。

「あの妙な代言人に押しかけられて、こっちは大変なんだぞ。同僚まで、いつもの知り合いが来てますよと言い出すし。……ああ、百賢さん、酒をどうも。気を使わせちまったな」

　百賢ときたら酒だけでなく、熱い握り飯と、総菜のどんぶり三つを大盆に載せ、客間に並べた。己も台所へ行かず、じっくり話を聞きたいのだ。

　ここでまず、原田が本日の不幸を語る。

「あの青山さんときたら、依頼主の了解を得たとかで、『さとり』の証を求める新たな理由を教えにきたんだ」

「まあ、自分達の役に立ちそうだという以外に、何か訳があったの？」

今頃そんな話を持ち出してくるなんて、胡散臭《うさんくさ》いわねえと、お高が炊き合わせを小鉢に取りつつ笑う。

すると握り飯にかぶりついていた滝が、眉間に皺を寄せた。青山の依頼人は元々、妖の証を捜そうというところが、まともではなかった。そして。

「依頼人が語ったっていう理由までが、思い切り妙だったんですよ。ねぇ、原田さん」

原田は黙って頷く。皆が顔を見合わせた。

「……妙？」

原田は握り飯を摑むと、今朝、青山が来た時の事を語り始めた。

4

青山は巡査派出所で、いつもの椅子に座ると、一転、依頼人の事情を、詳しく語り出した。

「『さとり』の証を捜している依頼人は、柏田《かしわだ》と言います」

青山の、昔からの知り合いだという。

「それで、彼が『さとり』に会いたい訳、なんですが」

青山は一寸《ちょっと》、言葉を詰まらせ……言いにくそうに先を続けたのだ。

「実はその……柏田には、好いた相手が出来まして」

「ほお」

「彼はその相手の心の内を、知りたいのです」

少しは望みがあるのか、いや、全く希望を持ってはいけないのか。迷い悩んで、あれこれ調べている時に、柏田は『さとり』に出会ってしまった。『さとり』が本物であれば、言外にある気持ちを、読み取れると分かった。

「しかし本物か否か、つまりその言葉が正しいのかどうか、柏田は今一つ、確証がもてないんですよ」

気持ちとしては、本物だと嬉しいと思っている。とにかく柏田は、知り合いが本物の妖かどうか、知りたがっているのだ。

「はぁ？」

まだ話し始めたばかりであったが、ここで滝が、思いきり顰め面を浮かべた。

「何なんだ、それ。好いた相手が出来るのは、天のことわりだがね」

でも、だ。

「惚《ほ》れた相手がいるんなら、『さとり』なんて捜してる間に、さっさと相手へ、気持ちを伝えたらいいだろうが」

口のある相手ならば、返答ぐらいしてくれるだろう。諾《だく》と言われたならば良し。否だと返事があったら、大酒呑んで悲しみを忘れた後、次の優しい人を捜すべきなのだ。

「人生は短い。早くしないと、棺桶《かんおけ》に入っちまうぞ」

滝の身も蓋《ふた》もない言葉に、原田までが深く頷く。すると。

「あの、今のが滝の旦那の、真剣なご忠告だという事は分かってます。私の依頼人も、出来たらそうしたい筈なんです」

しかし、しかし。

「実は、依頼人は既に相手の方へ、気持ちを伝えてあるんですが、ご返答は頂けてないんですよ。依頼人が気持ちを述べただけで、それだけで終わってしまいそうなのです」

何故なら相手は、並の方とも思えないからだと青山が続ける。もったいぶった言い方を聞き、また面倒くさくなってきた原田が、相手は絵の中の美女か何かで、口がきけないのかと問うてみた。

すると、似たようなものだと返答があったのだ。

「へっ？」

「先だって、たまたま通りかかったある神社の祭りで、依頼人は綺麗なお方を見かけたんです。で、一目で他の方が見えなくなって……要するに、惚れたんですな」

しかしその人は、目の迷いか、社《やしろ》へ吸い込まれるかのように消えてしまったらしい。

慌てて依頼人が宮司《ぐうじ》へ子細を話すと、祭神が祭りの様子でも、見に出てこられたのだろうと言われた。

何と言う神なのかを問うたが、主祭神《しゅさいじん》なのか、他に多く祀《まつ》られた神、相殿神《あいどののかみ》なのか分からぬ故、名も知れぬと、宮司から笑うように言われてしまった。

「依頼人は、とにかくお社へお参りし、必死に思いを伝えたのです。もう一度だけでも会いたいと、そうお願いしたそうですが」

未だ会えない。返答もない。仕方なく、神の事をあれこれ調べているとき、片恋の様子を見かねて、ある男の事を教えてくれた人がいたのだ。

「察しの良過ぎる男がいて、こちらの考えを映してしまうので、人が近寄らない。しかしそういう者であれば、返答をくれぬ相手の思いも、分かるのではないかと言われたんですな」

柏田は神の事を調べていて、丁度、山神である『さとり』の事を知った所であった。どう考えても、その男は『さとり』に違いないと思えた。

「そして『さとり』であれば、祭神の思いも覚れるかもしれないと思ったそうです。出来れば本物であって欲しいと願ってます」

しかし確証などない。未だない。当人に会ったが、笑って首を横に振るばかり。柏田は真実を知りたくなり、青山を雇ったのだそうだ。青山は狭い派出所の中で、原田と滝ににじり寄る。

「ですから原田さん、滝さん、『さとり』の正体探しに力を貸して下さい。何しろ、恋が懸《か》かってるんです！」

原田と滝、二人の手に余ると言うのなら、同期や知り合いの巡査達にも頼み、『さとり』を知る者がいないか、聞いて回ればよいではないか。強く言われて、二人は頭を抱えた。

「はあ？　神社の神に惚れたって？」

滝は、巡査をからかっているのだと断じ、青山を思い切り蹴飛ばしそうになった。それを原田が大急ぎで止めている内に、青山は巡査派出所から逃げ出した。

原田が話をそう括《くく》ると、段々口がへの字に近くなっていた百賢が、うんざりした口調で言った。

「青山さんの依頼人は、ほら吹きなのか、馬鹿なのか。いや青山さん自身が、大嘘つきなのかもしれんぞ」

とにかくまともな話じゃないと言うと、横でお高も頷く。だが赤手だけは、依頼人は本気なのかもと言ったので、お高に顔をまじまじと見られてしまった。

「へえ、赤手さん、ああいうふざけた話が好きなんだ。恋のお話なら何でもいいの？」

「だ、だってさ。もしかしたら、間違えたのは宮司さんなのかもしれないじゃないか」

参詣《さんけい》に来ていた美人を、祭神と思ってしまったのかもと、赤手は言う。しかしお高が、ぴしゃりと言った。

「普通、自分でそう思いつくでしょ。柏田さんとやら、どうして相手が神様だなんて考えに、納得したのよ」

「でも柏田さんは、ふざけてる訳でもないかも。『さとり』の噂は、実は俺も聞いた事があるんだよ。このお江戸……じゃなかった、東京府にいるらしいって」

「ただの人である柏田さんとやらが、神社の祭神や、妖『さとり』に、次々会ったっていうの？　そして片恋に落ちたって？」

呆れた調子でお高に言われ、赤手が黙り込む。原田は横で顔を顰めていたが、その理由は、お高達が気にしていた事とは、少しばかり違っていた。

「確かに妙だよなぁ。青山さんは免許代言人で、頭は良いはずなんだよな。なのにどうして堂々と、妙な恋の話をして、滝さんをいらいらさせたんだろ」

何故あんな、直ぐには信じて貰《もら》えそうもない話をしていったのか、原田にはそれが分からない。一番不思議なのは、巡査派出所で、依頼人の恋を語った青山が、それは真剣だった事だ。依頼人柏田の祭神への思いを、必死に訴えているように思えた。

「確かに妙よね」

お高は頷く。膨らんだ財布を持っているということは、青山は忙しい代言人だろう。なのに、こまめに巡査派出所へ通い、妙な恋の話に時間を費やしている。

「依頼人、柏田さんの阿呆な恋は、まだ分かるの。恋は正気を遠ざける事も、あるものねえ」

だが、しかし。

「青山さんは何故、馬鹿な事を言い出した友、柏田さんを、止めなかったんだと思う？」

友に言えば良かったのだ。祭神が姿を現す筈は無い。宮司にからかわれたのだ。きっと綺麗な娘さんは普通の人で、神社近くにいる筈だ。だから、一緒に娘を捜そうと。

お高がそう口にし、原田が頷く。

「柏田さんだって、相手が神様でなきゃ、実際に会える訳だから、そちらの方が嬉しかろう。だから友の言葉を、信じたと思うんだ」

なのに何故か思う相手は、人ではない事に決まり、妖の『さとり』まで現れた。そして免許代言人の青山は大真面目で、巡査達まで巻きこみ、今、『さとり』の身元をあかそうと試みている。

「青山さんは、やり手の代言人だ。その彼が本気で、妖『さとり』がいる事を信じたとは、今でも思えないんだ」

なら何で彼は真剣に、『さとり』が本物だと、証を立てようとしているのか。

青山は馬鹿話を繰り返し、何をしようとしているのか。

滝は黙ったまま、原田らの話を聞いている。

お高もそのまま黙り、誰も答えを口に出来ないまま、百木屋の客間は静まっていった。

5

青山を持てあましている間に、気がつくと、思わぬ事が起こっていた。赤手が姿を消していたのだ。

独り者で商売をしていた故、姿が見えなくても不思議ではなく、百木屋の常連達も、その事に気がつくのが遅れた。店へ来なくなって三日目、百賢が煙草屋《タバコ》を訪ねて気がつき、急ぎ、巡査派出所にいた滝へ伝えてきたのだ。

「赤手さんは一人暮らしです。料理が下手で、夕餉《ゆうげ》はほとんど百木屋で食べていたとか」

煉瓦街へ巡邏に出た滝は、連れの原田へ顰め面を見せつつ語った。

「仕事で暫《しば》らく行けないときも、百木屋にだけは知らせていたらしいんですが」

律儀な男は、急に顔を見せなくなると心配をかけるからと、今まではきちんとしていたという。

「店もどうやら、もう三日開けていません。近所の店にも、休業の挨拶はしていないみたいです」

突然いなくなるなど、確かに赤手らしくない。嫌な感じがすると言い、原田は顔を顰めた。しかし。

「大の男が三日ほど姿を消しても、警察は動かせないな。上司に頼んでも、吉原でも捜せと言われるのが、おちだろうさ」

「赤手さんは、ごく普通の娘さんが好きだとか。玄人《くろうと》の贔屓《ひいき》はいなかった筈です」

滝が首を横に振る。

「さて、どこに消えたのか」

それで原田と滝は、巡邏にかこつけ、赤手を捜す事にしたのだ。百賢には店があるし、みずはは女学生だ。お高が己も捜すと言ったが、おなごだし、どうにも気の強い所があるので、危なっかしい。だから大人しくしていろと、百賢が釘《くぎ》を刺した。

つまり原田と滝が、何とか友を捜し出さねばならないのだが、万一赤手が遠くにいたら、見つける事は難しい。巡邏の時間内で、二人が行ける場所は限られていた。

「やれ、こうなると、もはや青山さんの『さとり』問題には、関わっちゃおれないな」

今日は早めに巡邏へ出た為か、代言人には会わずに済んでいた。これで、妙な問題とも離れられると思うと、ちょいとほっとする。

「しかし……どこを捜したら赤手さんを見つけられるのか、とんと分かりませんね」

行方の知れない男が、まさか表通りを闊歩しているとも思えず、二人は大通りから逸《そ》れ、やや細い道へきていた。いささか幅の狭い煉瓦街の道には、鉄道馬車は通っていないが、それでも人力車が、洋装の人を乗せ行き交っている。

そしてこの西洋風な通りの裏手には、政府の意に反して、木造の建物も増えてきてしまっていた。

「綺麗な西洋建築の裏には、昔ながらの長屋のような木造の建物があるし、壮士の喧嘩を止めに入ったら、妖の話が飛び出してくる。明治は江戸と、地続きってことですよねえ。おまけに赤手さんが神隠しのように消えたときた」

「何か引っかかる。そもそも大の男一人、どこへ置いとけるっていうんだ？」

不機嫌な顔の原田は、道の途中ちょいと官棒を振って、通行に邪魔な場所で休んでいた、荒物屋の振り売りを退《ど》かせる。横で滝が、整った顔を顰めていた。

「俺は、親しい人に心配事が起きるのが、酷《ひど》く苦手なんです。いらいらする。今、あの迷惑な青山さんがここに現れたら、ぶん殴っちまいそうだ」

「おいおい。あの青山って代言人、人に迷惑をかけても構わないって奴だ。でも、あいつが赤手さんを、神隠しに遭わせた訳じゃあるまい」

赤手が煉瓦街から消えて、青山が得をする事など、原田には思いつかない。青山は、『さとり』探しの助力を、百木屋にいた者達へも願いはした。だが、たまたま居合わせた客、赤手の事を当てにしていたかというと、そうとは思えなかった。

「やれ、都合良くはいかないもんです」

滝はひゅっと官棒を振ると、すたすたと足早に歩道を歩みつつ、小声で言った。

「赤手さんが消えて、もう三日。危険な目に遭っているとしたら、長引かせると命に関わります。こうなったら、頼み倒すなり、弱みにつけ込むなりして、巡査達を動かした方がいいかな」

同じ階級の者達であれば、借りを作る気で頭を下げれば、何とかなるかもしれない。巡査教習所同窓生のつてもある。大人数で赤手を捜した方が、見つかる割合はぐっと増える筈であった。

そんな時、たまたま顔見知りの巡査と行き会い、原田は赤手という知り合いの行方が知れぬことを、伝えてみた。一人の警官に次第を話しても、直ぐに赤手が見つかるとも思えないが、それでも言わぬよりもよい。

「さて、他にどうしたら……」

言いかけた滝が、突然飛ぶように走り出した。そして寸の間の後、商店の店先から歩き去ろうとしていた若い者を、道へ押し倒したのだ。男の手には商品の足袋《たび》が二足摑まれていたから、声を聞いて出て来た番頭が、大慌てで頭をぺこぺこと下げる。

「やれ、つい、かっぱらいを捕まえちまった。おや、お前さんの顔、見た事があるような」

滝がぼやいたその時、側へ来た原田が笑い出す。

「おや、そいつは以前、雷の日に捕まえた、かっぱらいだ。確か長太とかいったな」

「ああ、騙しの伊勢と一緒に、小屋にいた男ですね」

原田が足袋を店主へ返し、忙しい時に捕まるんじゃねぇよと、いささか乱暴な口をきく。

「面倒なら、見逃して下さい」

長太が、期待を込めた口調で言うと、機嫌の悪い滝が、官棒でごつんと長太の頭を叩いた。以前の雨の日、捕まえて説教をしたのに、反省もせずかっぱらいを繰り返したのは、けしからんという訳だ。

「騙しの伊勢の方は、真面目になったと言ってるのになぁ」

すると長太は、ここで口を尖《とが》らせた。

「騙しの伊勢って、あの大雨の日、派出所で会ったお人ですよね？」

ならば、どう考えても、真面目という言葉とは親しくない筈だと、長太は言い切る。自分だけ悪だと言われた事に、我慢が出来ない様子だ。

「伊勢って人は、あれから何度も煉瓦街で見かけてます。あのお人、最近壮士達を従えて、肩で風を切ってますよ」

「ああ、仲間の壮士を、帝国議会の議員先生にするんだと、張り切ってるな」

「そういう風に言やぁ、耳には優しいですがね」

だが、しかし。伊勢達は本当は、また、ろくでもない事をしているのだ。

「おれが盗《と》った足袋二足より、ずっと高額な金をくすねてます。おれ、知ってるんです。あれもまた騙しですよ」

寄付と名がつけばよくて、かっぱらいと言われた途端、どうして駄目なのかと、長太が言い始めた。すると滝がその綺麗な顔を、長太の眼前に近づけたものだから、若いかっぱらいは身を引く。

「伊勢や壮士達が何をしてようと、お前さんのかっぱらいとは別物だ。長太、餓鬼じゃねえんだ。それくらいは分かってるよな？」

「……はい」

「俺はお前の為に今、官棒で思いっきり殴りたい気持ちを、我慢してる。まだ若い奴の頭を、かち割っちゃ可哀そうだからな」

「ひ、ひえっ」

思わず逃げ出しそうになった長太の腕を、原田が摑んで放さない。原田は歩きつつ、どうして伊勢のやっている事が、騙しなのかと尋ねる。

　すると若いかっぱらいは、この時とばかりに語り出した。

「原田の旦那、壮士の事情にゃ疎《うと》いですね」

「長太、さっさと吐け」

「あのぉ、選挙の事を一通り、一所懸命話します。だからその、今度こそ、魚心でその水心というか、泳いでどこかへ行きたい……」

　滝に睨《にら》まれ、長太は急ぎその先を喋《しゃべ》り出す。壮士と議員の話は、これから将来を切り拓《ひら》きたい若者にとって、興味の的であったらしい。

「ええと、最初に壮士達が、熱心に話していたのを小耳に挟んだのは、ちょいと前の事でした」

　じきに初めての選挙がある。そして東京府は、十二区程の区に分かれるだろうとの事であった。

「おや、そんなに沢山選挙区があるんだ。俺はまた、三つ程かと思ってたよ」

　原田は先日の壮士の集会が、三派に分かれていたのを見ていた。

「壮士同士で喧嘩をしてたのは、同じ区から出るつもりの、競争相手でしょう。それぞれの区じゃ、候補は多くても、数人だろうって言ってました」

　当選は、各区ほとんど一人だ。まだ選挙が行われると発表されてもいないのに、何でそんな事が分かるのかと長太は驚いたから、よく覚えているという。原田が指を折った。

「つまり、議員様になるつもりの壮士は、今、何十人かいるって訳か」

「実際は、そんなにゃあ出られないだろうって、自分達で言ってましたよ」

当選間違い無しの、有力候補がいる区では、壮士が出ても無駄というものだ。当人ばかりが出る気でも、周りに無謀だと止められる事もありそうだ。

「ですが東京府じゃ、田舎に比べ随分と少ない得票数で、当選出来そうだってことでした。それで皆、何とかなるかもしれないって、その気になったようで」

だが、しかし。暫くした頃、新たな話が伝わってきて、壮士達の意気が、がくりと落ちたという。

「何でも、投票するにしても、選挙に出るにしても、税金を随分沢山納めていなきゃあ、関われないと分かったらしくて」

多額の税を納めている壮士はまずいないらしく、その後壮士達の態度は幾つかに分かれたのだ。

一つには、まだ選挙の事が公に伝わっていないのを良い事に、いずれ壮士が先生になると言い、今まで通り寄付を募る者達だ。

「伊勢さんなどは、この口なんですよ。騙しの伊勢の、面目躍如《めんもくやくじょ》ですね」

今も日々、選挙のためと言い、金集めを続けているのだ。伊勢達はあちこちの店へ顔を出し、大勢で凄んで、寄進を受け取っている。

「本当は、伊勢さんの仲間は選挙に出られません。この後その話が伝わったら、立候補の制限は知らなかったと、しらを切るつもりでしょう」

だから彼らは金を貯《た》めたりせず、飲み食いに使ってしまっているということだ。

他に、己達が先生になることはすぱりと諦め、他の職を得ようとした壮士達もいた。彼らは実際選挙に出るであろう有名な者達の所へ行き、下働きをすると、己を売り込んだと言われている。

「成る程、ただの壮士から、議員先生の書生を目指した者達だな」

原田の言葉に、長太が頷く。

「最後は気合いが入ってます。壮士達の知り合いの内で、税金を納めている者を何とか見つけ出し、そいつを担ぎだそうっていう奴らです」

二つめと違う所は、壮士達自身が、議員先生を直《じか》に担ぐという点だ。もし本当に担いだ者が議員になれれば、周りの者達は下っ端でなく、議員の取り巻きとなる。出世間違いなしだ。

「しかし、当選しそうな名のある御仁らには、とうに取り巻きが付いているだろうに。税金額だけで、名もない奴を担ぎだして、当選できるのか？」

「だから、その手の壮士達は、必死で色々やってるみたいですよ。壮士の集会で、未来の議員さんに演説させたり、有名な推薦人を付けたり」

要は派手に宣伝をし、この候補ならば議員に相応《ふさわ》しいと、一票を持つ者達に納得させたいわけだ。果ては、今から神仏に拝んでいる御仁すら、いるという。

「神仏？」

すると原田は、ここで大きく目を見開いた。

「神仏じゃないが……妖と縁を作ろうとしてる奴がいたな」

それから滝を見た後、一つ首を傾げ、長太へ問う。

「なあ、相手の心の内が分かるって者が、いたと考えてくれ。そしてそいつが、どこそこの無名候補が素晴らしいと、保証した。お前さんが一票を持ってたら、投票するか？」

「原田の旦那。そりゃ保証した人が、信用出来るかどうかによりますね」

帝国大学の偉い先生などが、心の内が分かるというのは本当だと保証してくれれば、考えるかもしれない。要するに、誰が信用出来るかという問題であった。

「成る程……」

選挙前、候補の頭は神仏に深く深く垂れ、晴れて当選し、議員様になると、東京府臣民の前で顔が天の方へ向く気がするといい、長太は笑った。

「やぁれ、選挙ってえのは、具体的に話が出た時は、あらかた勝負が終わってるものなのかもしれんな」

原田が納得したと首を縦に振ると、長太は話した事への褒美に、逃がして欲しいと言ってくる。足袋は返したし、後は巡査達の胸三寸なのだ。

「お前な、それだけの早耳なら、かっぱらいを止めて、新聞記者にでもなればいいものを」

「なれるんなら、なってます。でもおれにゃ、学がないから」

長太は少しばかり、寂しそうに言った。

すると、その時。滝が片眉を大きく上げ、辺りを見回した。それから急ぎ、原田の方を見る。

「今、大きな声が聞こえませんでしたか？」

それは、剣呑《けんのん》な響きを帯びていた。しかも。

「何だか聞いたような声だった気が」

「長太、もういい、行け」

一言いい、原田は滝と顔を見合わせると、煉瓦街の道を走り出す。

「あの声……もしやお高さんか？」

何度か迷った後、道を更に細い方へと駆け込んで行った時、今度ははっきり、強ばった馴染みの声が聞こえた。

6

煉瓦街の裏手には、勝手に増築した木造の建物が多くあった。そういう戸の一つを、滝が強引に蹴り開け、声の方へ近道をする。

平屋脇をすり抜け、まるで江戸の長屋にあったような井戸脇を駆け抜ける。すると、大きな土蔵と、小さな小屋に挟まれた狭い場所で、お高が三人の男達と睨み合っている姿が、目に飛び込んできた。

「間に合ったか」

二人が素早く腰から官棒を引き抜き、男達とお高の間に割って入る。不機嫌の塊のような顔をしたお高が、ちらと原田達を見た。

「あら、驚いた。助けに来てくれたの？　でも自分の身くらい、自分で守れるのに」

「お高さんはおなごだ。男何人かをあっさり撃退したら、何かと拙《まず》いだろうに」

滝が苦笑と共に、素早く一番前にいた男へ、官棒を振るう。すると思いがけず、ステッキで跳ね返され、かわされたものだから、後ろにいた原田が目を見張った。

「おや、結構な身のこなしだ。しかもこいつ……どこかで覚えがあるじゃないか」

原田はとんと官棒で己の肩を叩いてから、口の端を引きあげる。いつ手合わせをしたか、思い出したのだ。

「ああ、壮士の集会で会ったんだよ。滝さんを殴った奴だ。結構強かったねえ」

「成る程、俺は後ろから殴られたんで、顔、見てなかったです」

　ならば自分が片を付けると言い、滝が官棒を構え直すと、その男との間を詰める。一瞬、別の男がお高を捕まえ、盾にしようとしたが、原田が間に入るより早く、急に喚《わめ》き、顔を覆って逃げ出した。お高が笑みを浮かべている。

「やっぱり上等の唐辛子粉は、効くわねえ」

「お高さん、何でそんなもの持ってるんですか。やっぱりおなごは怖い」

　呆れつつ残りの一人を打つと、その男も早々に逃げ出す。その時、横からステッキと官棒による、もの凄い打ち合いの音が聞こえてきて、原田とお高が目を向ける。だが二人とも、落ち着いたものであった。

「まあ、滝さんは負けないでしょうね。私のお薬、また塗るの嫌でしょうし」

「わはは」

　原田が笑った途端、滝が上段から打ち込み、相手の男がひっくり返った。見れば男は、先に滝が怪我をしたのと同じ所に、血を滲《にじ》ませている。それを見て、お高が油紙に件《くだん》の薬を少し取り分けると、血を拭ってから塗るように書き置いて、伸びてしまった男の胸元へ入れた。

　男は気を失っており、なかなか目を覚ましそうもなかったので、三人は男を放ったまま、人の集まってきた裏手の建物の間から抜け出た。煉瓦の建物が並ぶ通りまで戻ると、今し方の打ち合いが、嘘だと思えるような静けさであった。

「とにかく助けてくれて、ありがとうございました」

　お高がきっちり頭を下げると、少々厳しい表情を浮かべた原田が、さっとお高の横へ並んだ。

「お高さん、赤手さんの行方が分からない時だ。剣呑だから大人しくしていて下さいって、百賢さんから言われたよね？」

　歩道の上で「えへ」と返して、お高が小さく舌を出す。そして、さっさと歩き出した。

「だって……私も赤手さんを探した方が、いいかなって思ったのよ。お友達だし」

　何しろ赤手はお人好《ひとよ》しで、ローマンチックな所があるのだ。よって、簡単に三日も家へ帰れない事態に巻きこまれた。

「お高さんも今、剣呑な事に巻きこまれてたけど？　真似《まね》をしてるの？」

　原田から指摘されても、お高は笑うだけで、都合の悪い事には返事をしなかった。そして道の角へ来ると、勝手に新橋の方へと曲がり、それから食料品の店、風見鶏のある時計店、人力車の店、糸屋の前を過ぎる。

「それでお高さん、どうして煉瓦街の奥で、剣呑な男達と睨み合っていたのかなぁ」

重ねて問われると、勇ましくも女だてらに友を助けに出た訳を、語り出した。

「お二人は今日、赤手さんを探しに、早めに煉瓦街へ行ったわよね。となると例の青山さんが、また派出所を訪ねても会えないわけ」

するとと青山は、最初に二人の巡査と会った場所、百木屋へ行くかも知れないと、お高は思った。

「百賢さんは店から逃げられないし、一人で青山さんのお相手をするのも、大変でしょ。だから私、お昼を食べに行ったの」

だが、しかし。青山は百木屋へ、来なかったのだ。二人の巡査が来ていない為か、ここ何日かは、顔を出してないという。

「派出所の方で、会えてるんだろうさ」

百賢はそう言ったが、お高は、赤手のようにぼんやりとはしていない。よって、きちんとそれを確かめる為、百木屋を出て派出所へ向かった。勿論、滝や原田はいなかったが、何しろお高は綺麗だ。だから当番の巡査が顔を覚えていて、仲間の知り合いだからと、あれこれ喋ってくれた。

「この三日、青山さんは二人の所へ来てないわ。二人は、来ない方が嬉しいだろうから、忘れてたんでしょうけど」

「ああ、そういえば……」

そして、青山が姿を見せなくなった頃に、赤手も姿を消しているのだ。それで派出所から出たお高は、自分も探した方が良いのではと思い立った。その事実を知っているのは、お高だけであったからだ。よって先刻、まずは青山の銀座事務所を訪ねてみた。

「だって、もし青山さんから声をかけられたら、赤手さんは話くらい聞くでしょ？　昼と酒をおごるから、あるお店で話を聞いてくれって言われたら、付いていきそう」

あの赤手ならば。

「ああ、そうですね」

滝が困ったように言う。確かにそうなのだが、滝には青山が、赤手をどこかへ連れ去ったとは思えない。

「赤手さんはいい人ですが、代言人の青山さんの、役には立ちませんよ。裕福そうな青山さんが、赤手さんの金を狙うとも思えないし」

この時、馬の足音が聞こえて来たので、お高が鉄道馬車へ手を上げた。

「ずっと歩くのもなんだから、乗っていきましょう」

「いいけど……どこまで行くんです？」

滝が聞く間に、お高は止まった馬車に、さっさと乗り込んでいた。客は前の方に、親子連れと老人が一人いるのみだ。滝が皆の切符を車掌から買い、三人は後ろの隅に座って、小声で話し始めた。まずは原田が、行き先を改めてお高へ問う。

「終点の新橋へ。青山さんの事務所へ、行こうと思うの」

青山は二軒目の事務所を持っていた。一つは、お高が先程訪ねた銀座事務所だ。

「銀座の方は事務所というより、知り人の壮士が始めた店の一角を、借りたものだったわ」

その場所は、商家の事情に詳しい派出所の巡査が、お高に教えてくれたものだ。机一つが隅にあるのみで、お高が訪ねていった時には、壮士の姿があるばかり。青山は店内にいなかった。

「おや、おなご相手だと、口の軽い巡査がいるな」

「原田さん、同僚に怒っちゃ駄目よ」

それで間借りしている店の者に所在を問うと、もう一軒の事務所の場所を教えてくれた。銀座ではなく三十間堀を渡った先の、新橋ステイション近くだと聞き、溜息が出る。だが、せっかく事務所にまできたのだ。お高は次へ行ってみる事にして、その店を出た。

するとに気がついた時、三人ばかりの壮士が、お高の後ろから付いてきていたのだ。

「それで、用心に持っていた唐辛子粉を、握りしめた訳ですか」

「うふ、とてもよい品なのよ」

「まあ、いいでしょう。かけられたって死ぬ訳じゃなし」

だが、直ぐに壮士が動いたということは、新橋にある青山の事務所へ、お高に行って欲しくないのだろう。つまりそこに、赤手がいるということではないか。そう推測して、お高は今、鉄道馬車に乗っているのだ。

「でも先に、壮士が新橋へ知らせに走ってるわよね。今から行っても無駄かなぁ」

それでも、放っては置けないから向かうと、お高はぼやく。だが原田はここで、存外行けば直ぐに、赤手に会えるのではと言い出した。

「あらま、何で?」

「先程、赤手さんの失踪の件を、他の巡査へ話したからかな」

赤手は巡査達の友で、そして青山を知っていた。青山は、『さとり』と壮士達に関わっている。そして壮士達は今、選挙と税金の問題に首まで浸かっているのだと、原田は言い出した。

「まぁ、かき混ぜたら、どんな煮物になるのかしら」

「新橋の事務所に着くまでに、もうちょっと、分かるように話して下さい」

滝が顔を向け、お高共々、原田の話にしばし耳を傾ける事になる。やがて新橋ステイションに着くと、三人は鉄道馬車を降り、そこから歩いて青山の事務所へ向かった。その途中巡査派出所へ寄った所、新橋にいる巡査達から赤手の安否を問われ、驚く。その後先方に着くまで、三人はずっと話をしていた。

7

青山代言人の事務所は、土蔵づくりの商家を、いささか西洋風に改築したものであった。

そこへ三人で押しかけると、青山は来るのを待っていたとでもいうように、素早くお茶とカステイラを出してきた。そして、大層にこやかな顔を、皆へ向けたのだ。

「これは、これは、嬉しい驚きで。こちらから派出所へ行くばかりで、しかも喜んで貰えた事は、ありませんでしたのに」

なのに今日、原田達は、わざわざ新橋の事務所にまで、やってきてくれたのだ。

「さて、なんのご用でしょうか」

大仰に迎えられ、原田は少しばかり口元に笑いを浮かべる。そして今日は青山が心から望んでいた事を、告げに来たと言ったのだ。

「おお、何です？」

青山がそう聞いたものだから、滝が口元を歪《ゆが》める。

「いや、あの恋の話に、結論を出せそうなんですよ」

「恋？　お二人はその事を話しにきたんですか？」

青山の表情は、今ひとつ嬉しげではない。滝は大層驚いて見せた。

「おや、確か友人の恋のために、『さとり』が本物である証を掴みたかった筈ですよね？」

なのに何故一番の関心事、恋の話が嬉しくないのか。滝がそう聞くと、青山が頭を掻《か》いた。

「いやその、実は巡査さん方が人捜しをしていると聞いたんで……大がかりに『さとり』の事を、調べてるのかなと思ったんですよ」

きっと『さとり』がいかに素晴らしい御仁であるか、警官達から皆へ伝わった。三人は、その事を告げに来てくれたのだと、思っていたという。

「青山さん、その人捜しの件ですが、どなたから聞いたんですか？」

青山は一旦口を開きかけたが、首を横に振り、結局何も言わなかった。

ここで原田が、わざわざ鉄道馬車に乗って新橋にまで来たのだから、とにかく恋の話を聞きなさいと口にする。青山が鷹揚《おうよう》に頷くと、原田は事の最初から話すと言って、喋り始めた。

既に世は明治で、江戸の暗き夜も、そこに巣くう怪しの者達も、昔語りだと言われている。なのに今頃、昔の妖の話をする者が出て来た。

『さとり』という妖が明治の世に現れ、人の心を覚っているというのだ。

本物であれば、こんな妖を放っておくのは勿体ない。しかし、単に妖が現れたと言っても、そうそう信用してくれる訳もない。何しろ選挙というものを、初めてするという時期であった。

「おや、何で選挙の話なんか始めるんだ？」

さっきまで機嫌の良かった青山が、急に眉間に皺を寄せる。しかし、滝が官棒を顎へ突きつけたら、黙ってくれた。

原田がうっすらと笑う。

「そんな時、ある男が俺達巡査と知り合うと、『さとり』という妖の事を話した。そして彼が本物であることを、証明したいと言い出した。おお、青山さん、あんただ。力を貸してくれと頼んできたんだ」

原田の目が、青山を見据《みす》える。

「だがね、勤務中の警官が、頼み事をされたからって、仕事を放り出してやれる筈もない」

しかし青山は、断られても断られても、派出所へ通ってきた。

途中、『さとり』の説明は増え、変わっていった。秘密にしていた依頼人の名を明かしたと思ったら、次は驚くような恋の話まで語った。神社の祭神が出てくる恋を、原田達へ話した。終いには同僚からも、青山は馴染みの顔だと、見なされた程だ。

「いや、本当にまめに通って来ましたね。いかにも代言人らしい格好をした男が、何用で毎日派出所へ来るのか、興味の目を向けていた者も、結構いただろうよ」

何しろ、ちっぽけな銀座の巡査派出所は、小屋みたいな見てくれ故に、煉瓦街の中で、却《かえ》って目立っているのだ。

「確か青山さんは、他の巡査にも、『さとり』の事を聞いて回って欲しいと言った。不思議だねえ、出会った当初は『さとり』の事、話せないと言っていたのに。その名が出る事を、気にしなくなったんだ」

いや。

「本当はその名が広まって欲しいと、思ってるんじゃないのかな？　『さとり』は相手の心を覚る事が出来るから、巡査も捜査で頼りにしている。陰でこっそり、そんな噂を流しちゃいなかったかい？」

ここで原田は一息ついて、青山の顔を見る。代言人は、今や睨み返すような、怖い表情をしていたが、何も言いはしなかった。

すると、滝が明るい声で先を続けた。

「後は巡査達が本当に、『さとり』の名を口にしつつ捜査をすれば、噂は本物になる。でもさ、巡査ってのは結構激務でねえ。青山さんが思ったようには、『さとり』の為に動いてくれなかった」

しかし、動くまで悠々と待っている訳にもいかなかったようだ。何しろ選挙の日を決めるのは、青山達ではない。

「すると、だ。あら不思議、これなら確実に、俺達巡査が動くっていう事が起きたんだ」

滝や原田の友である、赤手の失踪だ。

「赤手さんが『さとり』を調べている途中で、行方不明になったとしたら、巡査は『さとり』の事を聞いて回るな」

『さとり』の名は、広がるのだ。

「そしてだ。先刻、お高さんが無謀にも、一人で赤手さんを探しに出た」

お高は、どこかの壮士達にとって都合悪くも、この新橋の事務所の事を耳にしたのだ。慌てた壮士がお高を襲った事で、赤手の行方が分かった気がした。それで三人は、この事務所に来たという訳だ。

「さっきこの近くの派出所へ寄ったら、巡査達は既に、赤手さんの失踪を承知してた。おまけに赤手さんが『さとり』に関わっている事も、皆ちゃんと分かってたよ」

さて、どうしてそんな噂が広まったのか。赤手はどこへ行ったのか。

「私は、赤手さんの事など知りませんよ」

青山は、そっぽを向いて言う。原田と滝が顔を顰める。

そして。

のらくら話をかわされる事に、いい加減じれてきた滝が、ここで立ち上がった。

「赤手さんを、すぐここに連れてきな。さもないと新橋のステイションで、大声で怒鳴るぞ！」

壮士は嘘つき野郎だ。『さとり』なぞ、この明治の世にはいない。人を騙すんじゃないっ。巡査の制服姿で思いっきり喚《わめ》くと、滝は言い切った。

「そんな無茶はしないと、高を括らないこった。俺はいい加減、うんざりしてる」

綺麗な目に、凶暴な光を宿して言われ、青山がわずかにひるんだ様子を見せる。するとそこに、原田の声が重なった。

「せっかく何日も派出所通いをして、その間に、警察が『さとり』のことを、頼りにしている、信用しているという噂をばらまいたんだ。その努力を、滝さん一人に、台無しにされてもいいのかな？」

青山が、滝を睨む。原田を睨む。

どちらも平気な顔で、青山を睨み返す。

青山は、見た目よりも自尊心の塊で、なんとしても己から引くのが嫌な様子であった。しかし、滝に喚かれるのは、もっと嫌に違いない。

「あの、滝さん。本当に新橋ステイションの真ん中で、そんなことが出来るの？」

ここでお高が問い、滝はあっさり頷く。

「勿論、出来ます。何で出来ないんですか？」

すると青山が、大きく息を吐いたのだ。

「お友達の赤手さん、新橋で遊んでるんじゃないですか」

気になるのならステイションへ行って、捜せばいいと言ってくる。そして見つかったら……三人は、口をつぐむべきなのだ。

「この後、私達や『さとり』の事をあれこれ言うなんて、馬鹿はしない事だ。先々、自分達が困る立場に、なりかねませんからね」

「奥歯に物が挟まったような、言い方をするんだな。こっちの心配は無用だ。そっちの仲間が、第一回衆議院議員選挙で、当選するたぁ限らない」

原田が薄く笑った。選挙があると耳にし、壮士達は元々、一番名の通った仲間を担ぎ出す気であった筈だ。きたる衆議院議員選挙だが、何故だか東京府各区の必要得票数は、結構少ないとの事で、それならば楽勝と、すっかりその気でいたのだ。

ところが。途中で、思わぬ話が飛び込んできた。何しろ初回だから、考えもしなかった制限が、選挙にはあったのだ。

「途中の派出所で確かめたよ。票を入れることが出来るのは、満二十五歳以上の男性。しかも、直接国税を、十五円以上納めている者でなければならないそうだね」

立候補出来るのも、同じように税金を納めている者だ。しかも三十歳以上と、年齢は上がる。

「壮士の仲間で、そんな大金を納めている者は、いなかった。だが皆、諦め切れない」

仲間から議員様を出す事が出来たら、運が開けそうなのだ。しかし、税金額は誤魔化せない。

それ故、十五円以上払っている知り合いを、壮士らは、必死で捜したのかもしれない。親から受け継いだ財産でもあったのか、ある裕福な男に目を付けた。

「青山さん、あんた、次の選挙に出るつもりだろ？」

でも名は通っていない。代言人は未だ、三百代言と言われ、胡散臭い目で見られる事も多いのだ。票を持っている者達も裕福だから、買収も利きにくいと思われた。なんとしても短期の間に、青山を他の裕福な者達から信用させたい。それには、どうしたらいいのか。

それで青山達は、思わぬ手に出た。

『さとり』という妖の名を、仲間に騙《かた》らせた。そして、相手の思いを覚れる『さとり』

に、青山を応援させる事にしたのだ。

するとここで、お高がひょいと青山の顔を覗き込む。そして、どうしていきなり妖を持ちだしたのかと、真剣に問うたのだ。

「選挙で名を売るには、偉い先生に推薦して貰った方が、確かだったんじゃない？　真っ当だし」

なのに何故妖などというものを、持ちだしたのか。『さとり』を信用させるのは難しい。下手をしたら、もの笑いの種にもなりかねなかった。

「どうして？」

すると青山は眉間に皺を寄せ、ある噂のせいだと答えた。

「前から噂があったんだよ。『さとり』を見かけたとか、知ってるとか、己の心の内を見てもらったとか」

それも選挙で投票出来るような資産家の間で、その噂は広まっていたらしい。『さとり』という名前は、既に驚く程の価値を持っていた。壮士の一人がその話を摑んできたのだ。

「選挙で、投票出来ない一般臣民達に、名を知られても仕方がないんでね」

つまり、一票入れられる者達へ名を売る為には、その『さとり』という男から認められた候補、という事にするのが一番なのではないか。皆で話し合いをし、そういう結論になったのだ。

「警官にも、一役かってもらおうとしたら、これが結構苦労したよ。でもこれで、『さとり』が俺達の所に居るという噂が、広まった。もう大丈夫だ」

後は選挙を待つのみだと話す青山を見て、滝が興味を失ったかのように、立ち上がる。

「赤手さんを、探しに行きましょう」

きっとあの人の事だから、解放されても事情を摑めないまま、新橋ステイションで困っているに違いないというと、苦笑を浮かべた原田も立った。お高も一緒に部屋から出て行こうとして、ドアの前で一瞬立ち止まった。

そして振り返ると、事務所で座っている青山へ、一つ間違って心得ている事があると言ったのだ。

「は？　なんの事だ？」

「あなたは『さとり』の事を、ずっと男として話してた。大猿のような見てくれで、神の化身だから、勿論男だって思ってたのね」

だが、しかし。

「『さとり』は山神。山神とは、山の神の事なの。あら、意味が分からないの？」

山を守り支配する神は、多く女神なのだと、お高は口にした。

「昔から言うでしょ。古女房となり、口やかましくなった妻を、山の神って」

「あっ……」

「なのに青山さんは『さとり』の役を、男の人に頼んでしまった。つまり、今回の事は失敗だわ」

以前から『さとり』の噂をしていた人達は、山の神が女神である事くらい、分かっている筈だから。

「男の方が『さとり』だと言い張っても、誰もその言葉を信じたりしないわよ。青山さん、綺麗に落選すると思うな」

「そ、そんな……」

思わず立ち上がった男を残し、お高もステイションへと歩き出す。後ろでドアが、ゆっくりと閉まっていった。


原田達は赤手を駅で拾った。

やはりというか、出まかせを言われて引き回され、三日も家へ帰れなかったのに、青山のことを疑ってもいなかった。

事情を知ると苦笑を浮かべていた。そして帰りの鉄道馬車を待ちつつ、赤手はお高を見つめ、小声で言ったのだ。

「あの、噂の『さとり』って、お高さんの事だったのかな」

「あら、どうしてそう思うのかな」

「『さとり』は女神だし。お高さんは、青山さんの落選に、自信があるようだし」

つまりお高が本物の『さとり』で、噂の主であったとする。既にその言葉を信じている、信者のような弟子を抱えた、三味線《しゃみせん》の師匠という訳だ。

だとしたらその自信も、納得出来る。金持ちで、地位もある弟子達は、お高の言葉に従うだろうからだ。

「お高さんが、壮士と関われば凶と言えば、皆、彼らには一票入れない。案外、そういう話になるかなと、思ったりして」

「さあ、ねえ」

広いステイションの端で、お高が目を細める。

「もしも、よ。もし明治の世に、妖が生き延びていたとしたら、そんな話を昼日中、口に出したりはしないと思うわ」

お高はそう言うと、やってきた鉄道馬車へ乗り込んでいく。赤手が笑った。

「ああ、そうかもね」

あっさり納得すると、赤手も後に続く。巡査二人は、お高へ何も聞きはしなかった。

戻ればやっと、いつもの毎日が始まる。今晩は百木屋で牛鍋を頼み一杯やると、何も言わずとも皆、分かっていた。

そして。

第一回衆議院議員選挙が、後日行われた。東京府は、立候補者数四十九名。当選者数十二名。その栄《は》えある名簿に、青山の名前は無かった。

第五話　花乃が死ぬまで

1

「あなたは、誰なのですか」

問うたのは不惑《ふわく》の年頃の婦人で、未だに面差しの美しい伊沢花乃《いざわはなの》であった。巡査派出所の内で、三尺あまりの棍棒《こんぼう》、手棒《てぼう》を長刀《なぎなた》のように構えている。

その手棒を突きつけられ、花乃の前で両の手を上げたのは、銀座の煉瓦《れんが》街に勤める巡査だ。まだ若く二十歳代半ばの巡査は、わざとらしくも「怖いねえ」と言ってから、あっさり返答をした。

「もう何度も言っているじゃないですか。私は、滝と言います。確かに滝駿之介《しゅんのすけ》だ」

すると花乃は目を見開いた後、戸惑うような表情を浮かべた。そして手棒を手にしたまま、派出所にいる他の者達へ目を向け、きっぱり言ったのだ。

「この人、私が知っている滝駿之介さんではありません。でも……でも、余りに滝さんに似てます。こんな事ってあるんですか？」

もし本物の滝ならば、もう四十半ばのはずなのだ。

「どうしてこんなに若いんですか？」

花乃の声には戸惑いがあり、滝へ手棒を突きつけている側なのに、今にも泣き出しそうだ。滝は小さく息を吐くと、そっと手棒の先を手でずらし、首を横に振った。

「あのね、伊沢さんの知人に、滝駿之介という人がいた。でもその人は、歳が違う。要するに、私じゃなかったって事ですよね？」

つまり花乃の知人は、目の前にいる滝と、同姓同名の別人だという事だ。そして滝と名が同じ者など、日の本には何人もいるに違いない。

「でしょう？」

滝の返答は、至って真っ当なものであった。だがその言葉を口にしたおり、滝は何故だかふっと、可笑《おか》しそうに笑ったのだ。


東京は銀座の煉瓦街、円柱の立ち並ぶ西洋のごとき街の中程には、巡査派出所が建っている。

朝野新聞社と、綿、フランネル販売店に挟まれた交差点角地にあり、向かいは毎日新聞社と中央新聞社だ。つまりこの派出所は、明治の文明開化を象徴する街、煉瓦街でも、大層華やかな一角に位置していた。

しかし。そういう場所にあるにも拘《かかわ》らず、巡査派出所は思いきり日本風の建物であった。しかも周りの建物に比べ、驚く程小さかったのだ。

「滝さん、この派出所、何回見ても掘っ立て小屋のように見えるよねえ」

先刻も同僚の原田巡査が、小声でそう言った所であった。滝とて勿論《もちろん》、巡査派出所がぼろい事は百も承知している。

だが、しかし。笑うしかない事だとも思っていた。

「今のご時世を考えれば、仕方がないってもんです」

明治になって二十年と言っても、江戸生まれの者とて、まだまだ多い世の中であった。維新後、明治政府は必死に国の舵取《かじと》りをしているが、国政は他人のやりようを批判するより、実際担う方が遥《はる》かに難しい。

要するに政府には、やることが山のごとく積み重なっていた。金も足りぬ時に、巡査派出所の見目にこだわる余裕など、国には無いのだ。

「ま、建物の作りはどうであれ、派出所の中に巡査達が詰めてりゃ、用は足りるからな」

原田がそう言って笑った時、表の通りから、今日も巡査を呼ぶ声が響いた。

「ひったくりですっ、誰か……」

直《す》ぐに派出所の表へ出ると、少し先の歩道に、逃げる男の背と座り込んだ女の姿がある。滝は華やかな通りへ、うんざりした表情を向けた。

「巡査派出所はお粗末だがね。だからってさぁ、この近くで堂々と悪事をするんじゃないよ」

人通りも多い昼下がりの事であった。

「ここでかっぱらいに逃げられたら、警察の面目、丸つぶれだ」

滝は口元を歪《ゆが》めると、一旦派出所へ戻り、壁に立てかけてあった手棒を持ち出す。表で、ひょいとそれを抱え上げた時、原田が後から現れ、驚いた顔で問うてきた。

「おい滝さん。そんなものを構えて、何をする気だ？」

手棒は捕り物道具で、つまり本来は接近戦用のものであった。滝は端正な顔に、にやりとした不敵な笑みを浮かべると、眼差しを路の向こうへ向ける。

「原田さん、今から走っても、あのかっぱらいに追いつくのは厳しいでしょう？」

というわけで、滝は手棒をかっぱらいへ投げるつもりなのだ。

「おい、止《や》めろ。騒ぎになるじゃないか」

原田が一応止めたが、その時滝は既に、棒を思い切り投げた後であった。ぶんというなりだけが後に残る。

「やれ、投げちゃったか」

煉瓦街を行く者達から短い悲鳴が上がり、原田が溜息《ためいき》をつく。同時に、「ぎゃっ」という情けない声も聞こえてきたので、慌てず騒がず手棒の後を追い、通りへ出て行った。

「あー、滝さんの狙いは正確だなぁ」

背中へとんでもない物を当てられた引ったくりが歩道に転がり、うめき声を上げていた。原田は男を見下ろすと、うんざりした声を出す。

「滝さん、伸《の》しちまったこいつ、どうするんだ。誰が派出所まで運ぶんだよ」

「おや、立ち上がれないとは、根性のないかっぱらいですね」

人力車や振り売り、山高帽子《やまたかぼうし》を被《かぶ》った男の間を縫って、滝はゆっくり歩み寄ると、まずはかっぱらいに盗《と》られた霰小紋《あられこもん》の風呂敷を拾い、その後、転がっていた手棒を手にした。物見高い連中が取り巻く中、原田がいささか乱暴に伸びている男をひっ立てたので、滝は、被害を受けたおなごへ目を向ける。

「さて御婦人、怪我《けが》などしませんでしたか」

すると、近づいてきた姿に驚いたかのように、しゃがみ込んでいたおなごが、急に顔を上げたのだ。

「滝、さん？」

続けて何かを言おうとして……しかし、言葉が出ないようであった。おなごの総身が、微《かす》かに震えている。頬が、段々赤味を増してくる。

四十過ぎに思われるその面を見て、滝がすっと目を半眼にした。

「うえええ背中が痛えっ。酷《ひで》ぇや、巡査の旦那。棒なんぞ投げつけなくっても。この辰《たつ》二郎《じろう》、逃げも隠れもしませんでしたのに」

おなごの持つ風呂敷を引ったくったのは、髭面《ひげづら》の男であった。その辰二郎は、派出所内の椅子に引き据えられた途端、己へ物騒なものを投げつけた滝の、端正で落ち着いた顔を不思議そうに見つめた。それから背へ手をやり、盛んに文句を言い始めたのだ。

すると滝が、遠慮無く拳を握り辰二郎の頭へ振り下ろした。

「逃げ隠れしない？　あれだけ全力で遁走《とんそう》した引ったくりが、何、阿呆《あほ》言ってるんだ！」

「いてーっ、旦那、拳固はないですよっ。こうして仲良く話してるのに」

「ど阿呆っ、かっぱらいと巡査の仲なんて、物騒なものと決まってらぁな」

もう一発食らった辰二郎が、頭を押さえ机の上へ突っ伏す。向かいで、被害を受けた婦人と話していた原田が、明るく笑い出した。

「お前、辰二郎っていうのか。この辺の者じゃないな」

銀座に縁のある悪党なら、わざわざ滝の眼前で無謀はしないと、原田は笑い続ける。

辰二郎が首を傾《かし》げた。

「この巡査の旦那、銀座で有名なんですか。御落胤《ごらくいん》みたいな顔で、派出所のお人にゃ見えないが、怖いんですか？」

「滝さんは神田の出で、中身は江戸っ子だ。要するにいささか気が短い。勝手な泣き言は聞かないし、泣き落としは大嫌いときた」

結構腕は立つし、捕まえたろくでなしへ、拳固を繰り出す事も多い。よって煉瓦街の薄暗い場所に集う面々には、厄介な巡査の一人として数えられているという噂《うわさ》であった。

「ま、これからもこの辺で馬鹿を続ける気なら、覚えておくんだな」

「ご冗談を。今日の事は出来心。金が無くて、つい人様の持ち物に目がいっちまっただけで。これからは、平穏なおつきあいを願おうかなと思ってまさぁ」

「はあ？　たまたま盗んだ風呂敷包みに、大枚に化ける沽券《こけん》が入ってたって言うのか？」

沽券は、不動産などの売り渡し証文だから、被害の額は財布などの盗難に比べて、格段に大きいのだ。「それにさ」原田はここで目を細め、ちらりと被害に遭った側へ目を向けた。それから、きっぱり言ったのだ。

「出来心のかっぱらいだって言うが、どうも話が妙なんだな。辰二郎は嘘《うそ》をついているとしか思えん」

「へっ？」

引ったくりが顔を引きつらせ、滝が横で片眉を上げる。

「おや原田さん、断言しましたね。何か訳でもあるんですか？」

原田は小さく頷《うなず》くと、窓際で向き合っている、おなごへ目を向けた。

「滝さん、この御婦人は、名を伊沢花乃さんというんだ。四十二歳。先月からこっち、この派出所で会うのは三回目だ」

既に、聞かずとも名が分かる間柄だと言われて、滝が目を見張る。

「は？　このお人、巡査派出所に通ってるんですか？」

以前花乃が最初に派出所へ来た時は、滝が丁度非番であったと原田は告げる。

「一回目、伊沢さんは少し先の道で、馬車に轢《ひ》かれそうになった」

だが、運良くかすり傷で済んだ。原田達巡査が間に入って話を聞くと、犬に吠《ほ》えられ、馬が駆け出してしまったと御者《ぎょしゃ》が言う。大層謝っていたからか、大事にしたくないと花乃が口にし、事は収まったのだ。

「ところが、だ」

それから半月程経った時、花乃は再びこの派出所へ来た。今度は逢魔《おうま》が時、堀に突き落とされそうになったのだ。

「その日伊沢さんは銀座へ、昔の知り合いを探しに来ていたそうだ」

相手は仕事の都合で、夕刻にならなければ会えなかったらしい。それで暗くなるまで近くの堀沿いを散策していたら、突然襲われた。

「運良く、俺が非番になって帰る時だった。近くを通りかかったんで、助ける事が出来たんだ」

ただ薄暗い時の事故《ゆえ》、男の顔は、原田にも花乃にもはっきりせず、襲ってきた者を捕まえる事も出来ていない。

「伊沢さんは一月の内に二度、この派出所へ来てる。どうも剣呑《けんのん》な感じがしてね」

聞けば花乃は一人暮らしの上、最近何度も、危ない目に遭っているらしい。それで原田は、花乃にあれこれ助言をした。

「金目のものは、懇意にしている銀行などへ避難させること。なるだけ家で大人しく暮らすこと」

だがこれは、少々後悔している言葉だと原田は続けた。花乃は今日、煉瓦街の銀行へ沽券を預けに来て、危ない目に遭ってしまったのだ。つまり。

「この辰二郎は、へらへらしてるように見えるが、実はしつこく伊沢さんを狙っている、とんでもない悪党かもしれねえ」

原田にきっぱり言われ、辰二郎は顔を赤黒くする。

「そんな。旦那、無茶言わないで下さいやし」

辰二郎は己が昔からいかに良き人物で、今日の事は何かの間違いであったということを、滝に向かって訴えだす。すると原田はその話を放ったまま、花乃へ目を移した。

「独り暮らしの御婦人故、狙われやすいのだろう。でもな、短い間にこう何度も災難に遭うのは、尋常じゃない」

何か心当たりでもあるかと問うと、花乃が顔を上げ、何故だかちらりと滝を見た。その後、強《こわ》ばった感じで話を始める。

「あの、思い浮かびますが、一言では説明できません。長い話になってしまいますが」

それでもいいですかと言われて、巡査二人は頷くと、己達も椅子に座った。花乃は未だ辰二郎が怖いようで、ここでわずかに身を離したので、滝が近くにあった手棒を、安心の元だと言って手に握らせる。すると花乃は、その棒が頼りだとでもいうように握りしめ、ゆっくりと語り出した。

「私には若い頃、嫁《とつ》げたらと願う、好いたお方がおりました」

花乃が十五の頃、まだ世は江戸だった時からの話となった。

2

お江戸の世は、時が進むと共に、何とも落ち着かなくなってきていた。そんな頃、神田にある神社の境内《けいだい》で花乃が会っていたのは、滝駿之介という名の若者であった。

「滝さん、聞いて。父から、嫁に行けって言われたの」

「花乃さんに縁談が来たのか」

滝は困ったように眉を顰《ひそ》めた。見目良く優しかったが、もはや二親は亡く、継ぐ家もない人であった。親戚すらおらず、ついでに金もないのが駿之介なのだ。

恐ろしく情けない話であったが、二人を取り巻く世情の方は、もっと厳しさを増してきていた。

まずは嘉永《かえい》六年、黒船が四隻も浦賀《うらが》へ来て、世間が浮き立ったのだ。その二年後、安政《あんせい》二年には、全てが潰れて消えてしまうかと思われた程の、大地震が江戸を襲った。大勢が鬼籍に入った。花乃の兄二人や親戚達が亡くなったのも、この時だ。周りに死体と怪我人が溢《あふ》れ、焼け崩れて形を留めなくなった町が、どこまでも続いていた。頼りに出来る者と営んでいた店を失った二親は、生きるために死にものぐるいであったのを、花乃は覚えている。

その為か親は、花乃が十五になりそれは美しくなると、金を持っており、婚礼の祝いとして、嫁に家作《かさく》を渡すと約した者との縁を、決めてしまった。この世で最後に頼れるのは金だと言いだし、娘の言葉など聞かないのだ。

「父より年上の人なのよ。お爺さんなの。滝さん、あたしお嫁に行きたくない」

本心、泣きたいほどに嫌であったので、花乃は滝を何とか境内の一隅へ呼び出し、一か八か訴えてみたのだ。しかし滝は、戸惑うような表情を浮かべるばかり。花乃は泣きそうになるのを、こらえるしかなかった。

「そうね、滝さんはまだ塾生だもの。こんな話をされても、困るだけよね」

親のない滝は、縁者の家に置いてもらい、何とか蘭学塾《らんがくじゅく》へ通っている。花乃が転がり込める場所など、ある筈もないのだ。

「ごめん……」

滝が謝るものだから、涙が出てきて、つい恨み言を言ってしまった。

（だって……これじゃ、また滝さんと会えるかどうか、分からないもの）

その日滝と、どうやって別れたか花乃は覚えていない。縁談はあっという間に進み、花乃は早々に、随分年上の夫を持つ身となったのだ。

そして。

花乃は驚く程早く、同じ神社の境内で、滝と再会する事になった。変わったのは花乃の身の上ばかりで、滝は何も変わらず塾生のままであった。そして花乃の言葉に、やっぱり戸惑っていた。

「滝さん、亭主が病気で亡くなったの」

「うん、先日聞いた。ご愁傷様です。しかしまだ、嫁いで二年経っていないのに」

寡婦《かふ》となった花乃は早々に、親元へ帰ったのだ。夫が寄越した家作は、花乃のものとなっていた。だから恥を振り捨てて、また神社で滝と会い、己から言ったのだ。

「お嫁さんにして下さい。今なら……家くらい、あたしが借りるから」

だが滝は少し悲しそうな表情を浮かべ、花乃を見てきた。

「花乃さん、お父上は早々に、花乃さんの次の縁談を決めたらしい」

「えっ……？」

滝は最近、花乃の父と縁談相手の男に、会ったのだという。花乃の父は、一回目の縁談で味をしめたのか、相手は今度も裕福で老齢な男であった。

「その時ね、その場にいた縁談相手の末の息子さんから、釘《くぎ》を刺されたんだ。花乃さんはこの先、自分の義理の母になる。だからもう構ってくれるなと」

でも会ってしまったなと、滝は苦笑した。つまりその折り、滝は花乃が独り身になったことを聞いたらしい。

「お、おとっつぁんたら」

花乃の父親は、娘の婚礼で儲ける事に慣れた。今度もしっかり、貰う気でいるのだ。

「滝さんは……あたしをまた、知らない金持ちの所へやるの？　守ってくれないの？」

滝がまだ、先が見えない暮らしをしている事は、分かっていた。でも花乃は、言わずにはおられなかったのだ。

（あたし、我儘《わがまま》言ってる。でも、今言わなきゃ……今度こそ、二度と言えないかも）

そう思った途端、涙が流れ始め、泣いて泣いて境内にしゃがみ込んだ。それでも滝は、一緒に逃げようとは言ってくれない。嘘でもいいから花乃を守るという、甘い言葉を聞かせて欲しかった。

（でも滝さんは、空言《そらごと》をいうお人じゃないものね）

信頼出来る人だと思う。だから余計悲しくて、そのまま泣き続けた。

すると。滝は花乃の耳元へ口を寄せ、一つだけ、約束をしてくれたのだ。

「花乃さんのことは、好いているよ。嘘じゃない。年老いて墓に入るその時まで、いや、骨と灰まで愛《いと》おしんであげる」

「馬鹿を言って……」

遠慮もなく拳で滝を打ったが、それで何が変わるという訳でもなかった。花乃はそのまま家へ帰り、また嫁に行ったのだ。

今度の夫は、最初の夫よりも更に年上で、一年と少しでチフスにやられてしまった。また実家へ戻ることになった花乃は、自分でも驚く程腹をくっていた。

（嫌がられてもいい。直ぐにお嫁にしてもらえなくても、構わない。とにかく今度こそ、滝さんの所へ転がり込もう）

二度目の結婚でも、花乃の財産は増えた。滝も私塾をやめたと聞いた。二人は今度こそ、何とかなる筈だったのだ。

ところが。

「滝さんという塾生さん、どちらへ行ったのか、知りませんか？」

そのとき、滝は行方が知れなくなっていたのだ。塾を出た後、誰かの洋行に供をしたとも、故郷へ帰ったとも言われていたが、行方が分からない。花乃には滝の行方を知る手立てが無かった。

そうしている内にまた喪があけ、懲《こ》りない父親が、次の縁談を探してきてしまう。世情は一層落ち着かなくなってきており、とにかく頼れる相手が必要だというのが、親の考えであった。

滝を失った花乃は、他の道を見つけられず、じき、その話を受ける事になった。

ただ。

今度の夫は花乃の倍ほどの年齢で、前の二人よりも大分若かった。その為か、早々に亡くなることもなく、花乃の暮らしはやっと落ち着いたのだ。この夫伊沢《いざわ》は金儲けが上手く、幕末、維新の動乱を乗り切っただけでなく、却《かえ》って財産を増やしていった。花乃の財産までも、驚く程太らせてくれたのだ。

結局、二十年近く連れ添った。伊沢も病で亡くなったのだが、子は一人も出来ず、花乃はまたもや一人で残される事になった。家も会社も夫の親戚が引き継ぐ事になったが、自分では背負えないもの故、花乃には興味も湧かなかった。

そして、その時花乃は既に、資産家の婦人となっていた。

（ああ、家から出て好きにしろと、夫が言ってくれたんだ）

素直にそう思えた。既に金の好きな親も亡く、地震で身内を多く亡くしていた花乃には、近い血縁すらいない。気がつけば、東京に一人きりという境遇となっていた。

（凄《すご》いなぁ。多分あたしが野垂れ死んでも、悲しむ人すらいないわね）

親兄弟など身近な親族がいないとは、そういうことだと思い至った。金があるにしても、人から哀れまれるだろう身の上だ。

（でも……）

実父が残した神田の家へ、とりあえず収まった時、花乃は一人で、大きく息をついたのだ。正直に言うと、とても人には言えない気持ちに包まれていた。

「ありがたい。もう、あたしの生き方を、勝手に決める人はいないんだ」

心底ほっとした。良きにつけ悪しきにつけ、花乃は自由の身となった訳だ。一人きりは嫌だと思っても、今更子供を産める訳で無し、どうしようもない。後は否応《いやおう》なく、一人で死ぬのだと腹をくくるしかないのだ。その怖さの隣には、己の身が動く内は、確かに気ままな毎日があった。

だが。

一人暮らしが始まって直ぐ、花乃の家に空き巣が入り込んだ。帰宅直後に、頬被《ほっかむ》りをした空き巣と鉢合わせてしまい、死ぬかと思って花乃の人生は変わった。

（会いたい……）

その思いがわき上がってきたのだ。もう抑えられなかった。

（滝さんに、会いたい）

江戸に生まれ幕末を生き延び、明治の世、一人生きている花乃に、唯一残された思いがそれであった。二十年以上消息が知れない相手だ。今どこでどうしているのか、とんと分からなかった。もしかしたら滝も妻を迎え、家族がいるかもしれないと思う。

でも、会いたい。

花乃が死んで灰になっても、好いてくれると約束したのだ。滝の消息を探しても、酷《ひど》く迷惑に思われる事は無かろうと思った。いや、思う事にした。

（あたしはもう三人、亭主に死なれてる）

ここで迷ったら、その内己も、チフスやコレラであっさりあの世へ旅立ちかねないと、真実思う。花乃は夫の死後、空き巣に家へ入られたし、道で破落戸《ごろつき》に絡まれもした。この世には恐ろしい事が満ちているのだ。

ならば。

「今日から直ぐ、滝さんの行方を調べよう」

心が決まった。最初花乃は己一人で探し、手がかりも掴めない日が続いた後、人を雇った。元岡っ引きだったという男に、滝駿之介を追って貰ったのだ。

花乃は存外早く、報告を貰った。銀座煉瓦街の派出所に、滝駿之介という人がいるとの話を、元岡っ引きは掴んでくれた。

(滝さんだろうか。あたしは滝さんに、会えるんだろうか)

花乃は矢も盾もたまらず、とにかく銀座へ出かけた。その時、西洋風な土地に慣れていなかったからか、花乃は馬車に轢かれそうになった訳だ。

巡査がやってきて、花乃は話を聞かれた。大事にはせず帰ったところ、丁度訪れたその巡査派出所が、滝という名の巡査がいた場所であったと、後で知った。

(しまった。あのまま派出所で、当番の交代まで待てば良かった)

花乃はその日酷く、後悔したのだ。それで今度は遅い方が会えるやもしれないと、逢魔が時に出かけたところ、花乃は突然、堀へ突き落とされそうになった。洋装の巡査に助けられ、つくづく思い知った。

(明治の世の中になったのに。女一人じゃ、身を守り切れないところは、お江戸と同じなんだ)

行きたかった巡査派出所へ、また顔を出す事になった。しかし滝と会うまで居たいと思っていたら、原田という巡査から、直ぐに帰り家に留まっているよう、派出所の中で説教されてしまった。

（ああ、心配してくれてるんだ）

久々に聞いた言葉であった。親切な警察官だと感謝もした。独り身の女には、人の気遣いが身にしみる。渋々、帰宅する事になった。

しかし。

しかし、それでも。

（滝さんに会いたい）

実は昨日も、花乃は家の近くで、誰かに後をつけられた気がしたのだ。心細く思うたびに、花乃の気持ちの中で、滝の面影が膨れあがってゆく。ここ何日かなど、まるで死期を悟った者のように、滝に会いたいと思う。

花乃は今日、沽券を銀行へ預ける口実を己で作ると、懲りずに、来るなと言われた煉瓦街へ足を運んだ。そして大層用心し、わざわざ人力車を使ったにもかかわらず、車から降りると間も無く、引ったくりという災難に見舞われてしまったのだ。

その花乃を、滝という巡査が助けてくれた。

3

花乃の声がふっと途切れる。すると、派出所の椅子に座り話を聞いていた男達が、夢から覚めたかのように、揃《そろ》って顔を上げた。

「おお、伊沢さんはこの煉瓦街へ、恋しい〝滝〟さんを探しに来ていた訳か。だから危ない目に遭っても、外出を止めないんだな」

原田が驚いたような顔で、側に居る同僚の端正な顔を見た。しかし、だ。

「その、残念だが滝さん違いだろう。この滝駿之介じゃ、歳が合わないんだろ？」

するとかっぱらいの辰二郎が、にやにや笑いだした。

「いや、人違いとは言い切れねえ。おれなんぞ、人の顔を覚えるのが得意でね。何年経っても忘れられない顔ってのは、あるもんだ」

名前が同じだし、若く見えるがこの滝の旦那が、お探しの滝さんかも知れない。辰二郎は適当な事を言いだしたのだ。

だが花乃はわずかに微笑《ほほえ》んだ後、確かに変だと言った。そして花乃は、急に物騒な動きをした。滝の眼前へ、手にしていた手棒を突きつけたのだ。

「あなたは、誰なのですか」

問う。花乃は長刀の扱いに長《た》けているようで、「怖いねえ」と言って、滝が両の手を胸の前に上げた。

「もう何度も言っているじゃないですか。私は、滝と言います。確かに滝駿之介だ」

するると花乃は原田と辰二郎へ目を向け、きっぱり言ったのだ。

「この人、私が探している滝駿之介さんではありません。でも……でも、余りに滝さんに似てます。こんな事ってあるんですか？」

しかし本物の滝ならば、もう四十半ばの筈なのだ。

「どうしてこんなに若いんですか？」

花乃は一瞬、目の前の巡査は、滝の息子かとも思った。しかし。

「継ぐ名を持つ家柄の人ではないし、親子で同名というのは妙です」

第一、滝は二十年程前、まだ独り身であった。塾生として学びつつ、他家に居候《いそうろう》していたのだ。金も女の噂もなく、あの頃の滝が、余所《よそ》に子を成したとはとても思えない。

「つまりその後、お子さんが出来たとしても、まだ二十より下の筈ですから」

「おお、息子でもないか。滝では歳が合わないんだな」

原田が頷き、滝はうっすら笑っている。花乃の声には戸惑いがあり、滝へ手棒を突きつけている側なのに、今にも泣き出しそうであった。滝は小さく息を吐くと、ちょいと手棒の先を指で触って、首を横に振った。

「あのね、伊沢さんの知人に、滝駿之介という人がいた。でもその人は、歳が違う。要するに、私じゃなかったって事ですよね？」

だが同姓同名の者など、日の本には多くいるに違いない。たまたま似ている者とて、いないとも限らないのだ。

「でしょう?」

滝の返答は、至って真っ当なものであった。だがその言葉を口にしたおり、滝は何故だかふっと、可笑しそうに笑ったのだ。

「同じ顔ねえ……」

辰二郎が目をくるくると動かし、原田は己も笑いつつ、とんでもない事を言いだした花乃を、困った顔で見つめる。

「うちの滝さんが、そっくりだというのは分かった。伊沢さんが今、〝滝さん〟に会いたい事も承知した」

でも、本当にたまたま似ていたとしか、言いようがないではないか。そもそも巡査の滝にとって、花乃の知人の滝に似ていても、何の利益もないのだ。

「こいつが偶然、あんたの〝滝駿之介〟さんに顔が似てたんで、名前も同じにするってことは出来る。だがそもそも、そんな事をする理由がない」

滝は横で苦笑を浮かべている。

すると花乃は突然、思いがけない言葉を口にした。本物の滝駿之介には、花乃と会う理由があるというのだ。

「それは、その……私は独り者だし、子供も親兄弟もいないし」

だから。

「滝さんを探し出せたら、私が死んだとき、財産を残してもいいと思っているんです」

「は？　赤の他人へ金を分けるのか？」

「おやおやぁ。どこかにいる〝滝〟さんは、いずれ幾らか手に出来るのかね」

ここで辰二郎が、風呂敷に包まれた沽券へ、ちらりと視線を送る。原田が笑って、同僚の肩へ手を置いた。

「やれ滝さん。大分若かったんで、金持ちになり損なったな」

「馬鹿を言って」

思い切り繰り出された拳固を、原田が綺麗《きれい》に避《よ》けたので、辰二郎が羨ましげな声を上げた。

4

銀座煉瓦街の大通りから、少し離れた所に、文明開化の申し子とも言える食い物屋があった。百木屋は流行《はやり》の牛鍋屋で、二階の窓には色ガラスなどが嵌《は》まっていて、今様な店構えを見せている。

場所が、巡査派出所からほど近い故、原田と滝は百木屋の常連であり、店には顔馴染《かおなじ》みの客仲間も多い。

　今日も当番の勤務後、滝と原田は閉店の後であるにも拘らず、百木屋へ行った。そして表の戸を閉めた後の店で、居残っていた常連達とゆっくり夕餉《ゆうげ》を取り、ついでに皆へ愚痴をこぼしたものだから、慰めと失笑を返されたのだ。

「あんらまぁ。滝さんてば知らない間に、女の方にもてていたのねえ」

　他の客がいないのをいいことに、遠慮なくからかうような声を上げたのは、三味線《しゃみせん》の師匠であるお高だ。一方煙草《タバコ》を商っている赤手は、男同士であるからか、牛鍋をつつきつつ滝へ気遣う言葉をかけてきた。

「二十年程前に、〝滝駿之介〟と、親しかった御婦人かぁ。三回金持ちと結婚したというんだから、綺麗なお人だったんでしょうね」

　しかし、だ。今は不惑を越えた年齢で、下手をしたら滝の母親と、幾つも違わないかもしれない。

「そういう歳のお人に、迫られてもねえ」

「あら赤手さんたら、女を歳で見下すの？　そんな風だから、全くもてないのよ」

「お高さん、別に見下してる訳じゃ……」

　赤手が慌てて言いつくろい、年齢不詳、美しいお高が舌を出す。そこへ店主の百賢が台所から肉を運んできて、滝の前へ置く。そしてさりげなく問うた。

「それで？　滝さんは、思い人を探しに煉瓦街へ来た御婦人……ああ、伊沢花乃さんというのか。その人に、何て言って家へ帰したんだ？」

滝はまず、溜息をついた。

「あのさぁ、いきなり、そっくりだ。でも当人なら、何で歳を取ってないのかと問われても、返事など出来ないさ」

ローマンチックな小説でもあるまいし。滝があの花乃に会う為、幕末からひょこりと、明治二十年へやってきた筈もない。

「歳の違う男に会ったんだ。同じ人物だとは思わないぞ、普通」

原田が横で一杯飲みつつ、にやにや笑い出した。

「滝さんはな、伊沢さんへこう話したんだ。伊沢さんが探している方も、自分と同じ〝滝〟だ。よってもしかしたら何代か前には、同じご先祖がいたのかもしれないと」

つまり、今では親戚というのもはばかられる程、遠い関係ではあるが、滝と花乃の探し人は、どこかで血が繋《つな》がっている事もあり得る。だからして、顔や雰囲気が似ているのだろうと告げたのだ。

「まぁ、恋しい滝さんの写真がある訳じゃなし。伊沢さんが恋人の顔を、間違いなく覚えているという証《あかし》など、どこにもないからな」

原田のその言葉に、百賢が深く頷いた。

「おおっ、上手い考えだ」

しかし滝は首を横に振り、煮えている牛鍋へ向け愚痴を言う。

「でもさ、伊沢さんは、なかなか納得しなかった。で、これからも、私がかくも思い出の人と似ている訳を、探りに来ると言ったんだ」

花乃は長年会いたかった滝と、やっと対面できると思い、派出所へ来たのだ。そうしたら、当人とそっくりなのに、別人だという若者がいた訳だ。

「伊沢さんは、狐に化かされたみたいで、納得できなかったんでしょうね」

お高が頷く。滝がまたまた溜息を重ねた。

「あの時、俺達は伊沢さんへの説得で手一杯になっちまった。だからかっぱらい辰二郎への取り調べが、ろくに出来なかったんだ」

その内、荷を盗られた花乃当人が、風呂敷包みは返ってきたし、もういいと言い出した。すると辰二郎は許されたとばかりに、早々に派出所から逃げ出してしまい、どこに住んでいるのかも分からなくなったのだ。

「全く、私達は巡査なんだけどね。かっぱらいを聴取するより、昔の恋人の話を聞くことになるとは思わなかった」

滝は文句を言いつつ、それでも味噌《みそ》味の牛肉を熱い飯の上に載せると、せっせとかっ込んでいる。すると、今度は野菜の煮物を持ってきた百賢が、その眼前へ顔を寄せた。

「あのさぁ滝さん。もしその伊沢さんとやらが、今後もずっと引かなかったら、困るんじゃないか？」

「は？　困るとは？」

「勿論、昔の恋人に滝さんが似てる、なんて伊沢さんが言い続けても、聞いた者は笑うだけだろうさ。いい歳をしたおなごが、若い男にのぼせてると言って」

だが頭の痛い事も起きるだろうと、客間に座り込んだ百賢は言いだした。

「滝さんは、結構見た目がいいからな」

お高が、くすくす笑い出す。

「あら、そうね。派出所近くの新聞なんかが、面白がって記事にしたりして」

何しろ巡査は下っ端ではあるが、官権の一端を担う者なのだ。そして新聞は、しばし奔放《ほんぽう》な記事を書いて、その権力と対峙《たいじ》している。もし、気軽に巡査をからかう事が出来るとしたら、遠慮などしないに違いない。

記者ならば、上手いこと名前を出さないようにして、花乃との顚末《てんまつ》を記事に書ける。銀座煉瓦街の巡査派出所にいる巡査の、恋物語という訳だ。見てくれが良く、若く、しかも独り者となると、あっさり誰だか分かりそうであった。

「ああ、そうなったら拙《まず》いですね。物見高い人々が見物に来そうです。でも、滝さんは派出所勤務、逃げ隠れ出来ない身だからなぁ」

赤手が頷く。

「おいおい、よせよ、脅かすのは」

滝が、思わずといった様子で箸を止めると、隣にいた原田が、すいと黒目だけ滝へ向ける。

「で、どうする気だ？」

「どうすると言われても……」

ここでお高のくすくす笑いが、甲高い声になった。

「そうよねえ、急にそんなこと言われたって、滝さんも戸惑うわよねえ」

せっかくこの東京で平穏無事に、日々を過ごしているのに。四十路《よそじ》女の、二十年も昔の恋心に突然煩《わずら》わされる事になろうとは、滝だとて思ってもいなかった筈だ。

お高の声が、更にねっとりと絡みつく。

「まさか、さ。真剣に邪魔だからって、お金持ちの御婦人を、近くの海へ突き落としちゃう訳にもいかないでしょうし」

そんな事をしたら、やっぱり騒ぎになるかなと、お高は首を傾げている。

「お高さん、物騒な物言いだ」

「滝さん、そういえばさ、その花乃さんというお人、最近何度も災難に遭ってるんだよね」

問うたのは赤手で、こちらは何故だか妙に楽しげな様子だ。

「次の災難も、あるかもねえ」

すると、そこで滝がとんと箸を置いた。小さな音であったのに、何故だかお高と赤手が笑みを止め、一瞬百木屋の中がしんと静まり返る。

だが、次に誰かが何を言う間も無く、百賢が店の表へ気遣わしげな顔を向けた。

「大急ぎで駆けてくる足音が聞こえる。あの靴の音は……みずはか?」

心配そうに言った途端、がたりと百木屋の表の戸が開く。そして百賢の妹みずはが、大きな声と一緒に飛び込んできたのだ。

「兄さん、大変、大変」

皆が慌てて、戸口の前を見る。驚いた事に、みずはおなご連れであった。そして二人は怖そうに振り返ると、戸の向こう、暗い表へ目を向けたのだ。

「歩いていたら、誰かが跡を付けてきたの。だから逃げてきたんだ。怖かった」

まだその辺にいるだろうかと、みずはが言った途端、百賢が怒りで顔色を赤くした。そして台所へ飛んでゆき、肉切り包丁を摑《つか》んだものだから、みずはが慌てて百賢を止める。

「兄さん、待って。怒らないで。あのね、狙われたのは、あたしじゃないと思うの」

「へっ?」

百賢が一瞬で動きを止め、ゆるゆると握りしめた肉切り包丁を置く。それから一つ落ち着くと、表を確認した。そしてきちんと戸を閉めると、もう大丈夫と言った。

ここで滝が小さく息をつき、みずはが連れてきたおなごへ声をかける。

「伊沢花乃さん、巡査派出所ならばともかく、この牛鍋屋で会うとは思いませんでした」

途端皆の目が、一斉に花乃へ向かった。

「おやその御婦人が、話題になっていた伊沢花乃さんですか」

「赤手さん、そんなにじっと見ちゃ……あらこの方、確かに若い頃はそりゃお綺麗だったでしょうねえ」

すると、その言い方に引っかかったのか、花乃がさっとお高へ目を向けた。歳の分からないお高の顔を見て、直ぐに滝へ目を移すと、顰《しか》め面を浮かべている。

それを見て笑い出したお高の横で、原田が立ちあがると、入り口近くの土間へ降りてゆく。そして花乃へ目を向け、口をへの字にした。

「伊沢さん、あなた何で、外出をしたんですか?」

今日も懲りずに銀座煉瓦街へ来たあげく、また災難に遭遇した訳だ。

「滝の顔が見たかったのかな。派出所へ行ったんですね。そこで、当番勤務が終わったんで百木屋へ向かったと、同僚に教えて貰ったんでしょう?」

そして百木屋へ帰る途中のみずはと行き会い、一緒に襲われかけたという訳だ。

「全く、命が惜しくないみたいだ。どうして家で、大人しくしていられないのかな」

原田が腹立たしげに言うと、横からお高が口を出し、驚いた事に花乃を庇《かば》ったのだ。

「あらぁ、何しろ覚えている恋人が、歳を取りもせず、そのまんまの顔で現れたんだもの。そりゃ、会いたくもなるわ」

これじゃ本当に、〝二十年の時を越えたローマン〟などという新聞記事が出そうだと、お高が明るく言ったものだから、滝が顔色を蒼《あお》くする。

「お高さんは、事を覚るのが得意だから……本当に、そんな記事が出そうで怖い。剣呑な事を言うのは、止めて下さい」

すると驚いた事に、その話を聞いた途端、花乃も顔を顰めたのだ。

「私の事、記事になるんですか？　私はこれ以上、怖いお人の耳目を集めたら、家に住めないわ」

真剣な様子で言う。店内にいた皆が、それを見て首を傾げた。

「おや伊沢さん、家に住めないって、どういう事ですか？」

赤手が眉尻を下げ、その横から原田が、花乃へ顔を寄せて問うた。

「訳がありそうですね。巡査として、聞かせて貰わなきゃならない事かな？」

この時花乃は、さっと滝へ視線を送った。それから、少し強ばった顔で語り始める。

「実は、今日煉瓦街へ来たのは、家へ怖い人達が来たからなんです」

原田に言われた通り、自宅で大人しくしていたにも拘らず、災難は向こうからやってきたのだ。

「親戚だという人が三人も、訪ねて来たんです。でも当人達の話を聞いても、恐ろしく遠い縁で、親戚と言えるのかどうか。知らない人ばかりでした」

何とか押し返し戸を閉めたが、身内なんだから家に入れろと騒ぎ立て、玄関先から帰らない。そこへ何と、以前花乃の風呂敷を引ったくった男、辰二郎まで現れてきたのだ。

彼らは互いに顔を知っていたようで、言い合いになり、声は剣呑なものになっていった。家に一人で居るのが恐ろしくなった花乃は、裏手の出入り口から、こっそり逃げ出してきたらしい。

「それでその、何としても自称親戚に、遺産を渡すのは嫌だと思いました」

探せばどこかで繋がりがあるのかも知れないが、とにかく花乃とは、全く縁のなかった者達であった。だからといって、遺産が国に納められてしまうのも違う気がする。それくらいならと、花乃はいよいよ意を固めたのだ。

「その……今日は煉瓦街へ来て、詳しい方に、きちんと遺言を作って頂いたんです」

お高が興味津々という顔をした。もちろん花乃の財産を受け取るのは、昔の恋人滝だろう。

「わあ、そんな話が伝わったら、自称親戚連中は、どうするかしらね」

もう遺産を貰う見込みは無しとして、急に大人しくなるだろうか。だが一気に強硬手段に出て、花乃の家へ押し入るかもしれない。遺言状を破棄するか、見つからなければ、最初の一通より後で書いたという遺言を、勝手に作るのだ。

「あたし、金の好きな人っていうのは、諦めが悪いと思うな」

「止めて下さい、お高さん。そんな話を聞いたら、伊沢さんは自宅で暮らせなくなるじゃないですか」

滝が困ったような声を出し、花乃が立ち尽くす。その横で、百賢が原田と一瞬顔を見合わせてから、なにやら話し始めた。

5

「あらまあ、花乃さんたら、本当にお金持ちなのねえ」

お高が、借家に運び込まれた花乃の道具類を見て、楽しげに言う。家には、ランプ、椅子と机、ティーカップなどなど、花乃がとりあえず近所の煉瓦街で買った美しい品が、普段使いの品と共に運び込まれていた。

「おや、お高さんはいつの間に、伊沢さんを花乃さんと、呼ぶようになったんですか？」

文机《ふづくえ》を持った滝が驚いたように言うと、「うふふ」とお高が笑い出す。

「だってぇ。女が二人居れば、そりゃ色々お喋《しゃべ》りするものよ」

つまり仲良くなるのも早いのだと、お高は勝手に文机の置き場所を決めつつ笑う。二人は初めて百木屋で会った日に、既に名前で呼び合うようになったのだ。

花乃が百木屋へ顔を見せてから、まだ五日しか経っていなかった。だが花乃は今日、その百木屋で会った者達、お高や赤手と巡査二人に手を借り、銀座の煉瓦街へ越してきた。何しろ花乃には、急いで越さなければならない訳があった。

一つ目の訳は先日、花乃の家へ、自称親戚達がまた押しかけた事だ。花乃は真剣に怖がり、原田達は急ぎ転居を勧めた。

そして二つ目の訳は、お高の予測が当たった事であった。それは滝に、頭を抱えさせる出来事でもあった。三日前、恐れていた記事が、本当に新聞に載った。

江戸の頃より花乃が抱いていた恋心と、明治の世に現れた、瓜二《うりふた》つの容姿を持つ巡査との出会いは、読む方が気恥ずかしくなるような甘さを、たっぷり含んだ記事となっていた。

「お高さんは全く、事をよく覚る！　今回も見事に、ローマンチックな記事が出ることを、言い当ててくれて」

滝は、肩を落とし息を吐いた。あんなものが世に出ては、花乃の財産を狙っている者達が、どう動くか分からない。こうなったら、目がとどく所に居てもらった方がいいと、皆は花乃の転居を、一層急ぐことになった。

「皆さんには、引っ越しまで手伝って頂いて、済みません」

花乃が皆へ頭を下げ、横に居た赤手が、これしきの事と言って笑う。花乃は固く絞った雑巾で廊下を拭いて回りつつ、板塀の外へ目を向けた。

「それにしても最初は驚きました。煉瓦街といっても、裏手は全然様子が違うんですねえ」

洋館の並ぶ表通りから狭い道を抜け、奥へと入ると、そこには江戸の頃のような家々や、板塀、井戸、蔵などが連なっていたのだ。花乃はその一角に、蔵の付いた、くの字型の一軒家を借りた。

表通りの店共々、ある商人が借りていた家作だが、主《あるじ》が店じまいをし家を移った所であった。庭もあり、庭石や灯籠《とうろう》まで置かれて、綺麗に作られている。

「急だったんで、丁度空いた家に決めました。けれどこの家、一人暮らしにはちょいと広すぎますね」

寂しいし、やはり今は独りが怖いから、家の用をしてもらう小女でも置こうかと、花乃が話している。するとお高が畳を箒《ほうき》で掃《は》きながら、勝手な事を言いだした。

「あら、ならその人は通いにしてもらって。あたしがこの家の東側、くの字になった先の二間へ入るわ」

お高は三味線の師匠だが、最近は弟子も増え、住まいは人の出入りが多くて、落ち着かなくなっている。

「今の家は稽古場にして、あたしはここで暮らす事にしようっと」

あっけらかんと決めるお高を、行李《こうり》を運びつつ、赤手が諌《いさ》める。

「お高さん、そういう話はまず、この屋を借りてる花乃さんに相談しなきゃ」

「あら花乃さん、構わないわよねえ」

ここでお高が、すっと目を半眼にした。

「だって誰かが一緒に住むんなら、事情を知った人がいいもの。小女じゃ、自称親類が怖い顔で押し入ってきたら、一目散に逃げ出すだけよ」

実は昨日原田が煉瓦街で、辰二郎をまた見かけているのだ。その話を聞くと、花乃が顔を強ばらせて立ち上がり、お高へ頭を下げる。

「いらして下さったら助かります。心強いです」

ここで赤手が滝へ、いっそ一緒にこの家で隠れ住んだらと声をかけた。

「だって滝さん、あのローマンチックな記事が出て以来、気が休まらなくて大変なんじゃないですか？」

新聞記事には名前など出なかったし、写真などはないから、花乃の方は知人が読まなければ、当人の話とは分からなかった筈だ。

対して滝は、困った立場に追い込まれた。大金持ちの婦人に気に入られたのは、煉瓦街の派出所にいる巡査にて、大層な色男と出てしまった為、派出所へ物見高い連中が詰めかけたのだ。よって原田や当番の巡査に昼餉をおごり、派出所の表へ立つのを、代ってもらう羽目に陥っている。

「そもそも、何であの話が漏れたのやら。赤手さん、ひょっとして新聞社へ、花乃さんのロ一マンチックな話を密告したのは、赤手さんじゃないですよね?」

「投書なんてしたら、滝さんに殴られます。そんな物騒な事しませんよ」

赤手はきっぱり言うと、花乃へ問う。

「伊沢花乃さん、この家の事は、誰にも話してないんですよね? なら滝さんと違って、新聞を見ても妙な人に囲まれたりしません。大丈夫だ」

ところがここでお高が、掃除を続けつつ、恐ろしい事を言いだした。

「あら滝さんは、困ってるの? あたし、もう一回投書をして、物騒な御仁《ごじん》達を、銀座に集めようかなって思ってるんだけどな」

滝、原田、赤手、花乃の手までが、一斉に止まった。お高へ視線が集まる。

「は……つまりあの新聞社への投書、お高さんが出したものなんですか?」

赤手は一寸《ちょっと》滝へ目を向けてから、走ってこの場から逃げ出したいかのような、怯《おび》えた表情を作る。お高がにこりと笑った。

「だってぇ、花乃さんたら、びっくりするようなこと、打ち明けてくれたんだもの」

それを聞いたお高は、事を急がねばならないと決意したのだ。

「花乃さん、また誰かに襲われでもしたんですか？」

今度はピストル銃でも突きつけられたかと、原田が問う。お高は首を横に振り、滝へ笑みを向けた。

「花乃さん、先だって遺言状を作ったって言ったでしょう？　あれはねえ、今度政府が民法を作るって噂を、聞いたからでもあるんですって」

「みんぽう？」

思いも掛けなかった話に、寸の間部屋が静かになる。すると花乃が首を傾げる皆へ、近々、家督や遺産相続に関する法律が、きちんと制定されるらしいという話を口にした。政府は、外国の法律を参考にして作っているとの事であった。

「つまりね、もうすぐちゃんと法が作られる。おなごが持つ財産でも、法に従って受け継がれる筈なのはいいんだけど」

しかし、問題も出てくる。まだ恋しい滝は、見つかっていないのだ。正直なところ、さっぱり手がかりはなかった。江戸から明治に世が変わり、身分や名前なども違ってしまった者が多い。いや滝駿之介が今も存命なのかすら、花乃には知るすべがなかった。

「そんな相手じゃ、遺産を残せないわよね」

それでお高は、花乃が誰に遺産を残したのか興味津々となった。そして女同士の話の中で、相続人の名を聞き出したのだ。ここでお高は、口の両端を大きく引き上げる。

「花乃さんは、本物の滝さんが見つかるまでの間、仮の相続人を立てることにしたんですって」

勿論、本物の滝が見つかる前に花乃が死んだら、その者が遺産を受け継ぐ事になるのだ。

「その名前は、ね」

お高はもったいを付け、一寸間を置いた。それから皆へ、注目の名を告げる。

「花乃さんは、ここに居る方の滝さんに、遺産を全部渡すと遺言を書いたのよ」

「はあっ？　私に？　遺産の全てを？」

これは考えていなかったらしく、滝の目が皿のようになる。原田が爆笑した。

「わはは、そんな話が漏れたら大変だ。滝さんは、お金持ちの婦人に気に入られた美男として、やっかみ半分妬《ねた》まれそうだな」

滝は受け取ってもいない金の事で、世間から色々言われるに違いない。ついでに、自分こそ金を貰うべきだと考えていた自称親戚達が、滝の事も邪魔に思いそうだ。

「つまり滝さんは今後、誰かに襲われちゃうかも知れないわけだ」

滝が相手では襲う方だって大変だと、原田が楽しげに言う。

「仲間の巡査達だって、下手をしたら敵方に回りかねないぞ。何しろ巡査というのは、薄給と相場が決まっているからな」

原田がけらけら笑い続け、滝は花乃へ顰め面を向けた。

「そんな遺言状、直ぐに火鉢で燃やして下さい。あなたの恋人が現れたら、そのお人に残せばよろしい」

すると花乃は、済みませんと素直に謝った。そして火鉢と睨めっこはしたが、眉尻を下げたまま何も燃やそうとはしないのだ。

「だって、ですね。ひょっとしたら滝さんは、見つからないかもしれないし」

何しろ今まで探してきても、全く居場所が知れないでいるのだ。

「そんな中、あたしは馬車に轢かれそうになりました。だから、不安なんです。ならとりあえず、名前と顔が同じ滝さんに、残すと書いておくのもいいかなって」

花乃にとってはその方が嬉しいのだ。

「花乃さん、当分この家に隠れていれば、随分と安心だ。まだ死んだ後の事を考えないでよろしい。遺言状は、さっさと処分して下さい！」

だが滝が何と言おうと、花乃は遺言の事に関して頑固であった。確かにこのままだと、自称親類が、花乃の死後、見た事も無い遺言を持っていると言い出しかねない。それだけでなく、親戚以外の者まで、生前花乃へ金を貸していたとか言い、勝手な証文を持ち出すかもしれなかった。

「そういう人達へ、お金を盗られたくないんです」

花乃はどうしても遺言状を焼くと言わず、滝が唇を噛《か》む事になる。するとお高が、大きな荷物は運び終わったので、もう男手は必要ないと言い、この話を終わらせにかかった。

「だから三人は先に百木屋へ行ってて。皆で夕刻、引越祝いをしましょう」

花乃を残し、男達を家の表へ追い出してゆく。まだ花乃との話が終わっていないという滝まで、お高はぐいぐい玄関の外へ押し出した。そして、花乃に声が聞こえないほど家から離れると、滝へにやりと笑いかけた。

「遺産の受取人になった事が、新聞で広まったら、そりゃ暫《しばら》くは嫌な事もあると思うけど」

だが、しかし。事の決着は早く付くだろうと、お高は言いだした。

「だって、気がついたら滝さん、首までどっぷり、花乃さんの問題に巻き込まれてるし」

このままでは花乃が生きている限り、滝は火の粉を受け続ける事になる。

「まあ、そうかも知れませんが」

滝は溜息をつき、酷く怖い表情をお高へ向けた。

「だからってお高さん、無茶はしないで下さいよ」

花乃はお高とは違うのだ。己の身一つ守るのにも苦労する、四十過ぎのおなごであった。

「うーん、分かってるけど。でも私、他にもやっちゃったこと、あるかもしれない」

お高は笑う。滝の綺麗な面に、凄みが加わった。

「あのね、お高さん、無茶な投書以外に、何をやらかしたんですか？」

「うふふ。花乃さんの転居の事を、人に教えてあげただけよ」

「はあ？　お高さん。どこの誰へ言ったんですか？」

原田が驚いて問うたが、お高は笑うばかりで、確たる返答をしない。だがふっと目を細め、滝を見てきた。

「だってねえ、放っておいて直ぐに解決しなかったら、滝さん、困るでしょ」

このまま事が長引いたら、一番困るのは、ひょっとして滝ではないかと言ったのだ。勿論滝と原田は巡査だし、結構強い。保護している花乃を、ちゃんと守れるだろう。だが。

「何年も、何十年も、ずーっと花乃さんを、守ってはおられないでしょう？」

それは滝が、身にしみて分かっている筈の事であった。

「なら金に執着している阿呆を焚《た》きつけ、直ぐに事を起こさせた方がいいわ。さっさと始末を付けられるもの」

妙な事が終わってくれれば、原田もお高も赤手も、ほっとする。事は滝一人の問題という訳ではなかった。皆に影響のあることなのだ。それで。

「せっかく花乃さんが、こうして煉瓦街へ来てくれたんだし」

この街であれば、お高や原田だとて、手をうちやすいというものであった。だからお高は、動いたのだ。

「手をうつって……今度は何をするんですか」

滝が呆《あき》れた口調で問う。お高は問い返してきた。

「滝さんこそ、花乃さんを襲った連中を、どうする気なの?」

思い人と別人と思っても、似ているというだけで、花乃は滝へ、全財産譲ろうとしている。しかし花乃の金を、自称親戚達が簡単に諦めるとも思えない。おまけにどう考えても、剣呑な相手は一人ではないようなのだ。

「で、滝さんは花乃さんに、何が出来るのかな?」

お高が、原田が、赤手が、窺《うかが》うように滝の面を見つめる。原田が滝の肩をひょいと抱くと、急に怖いような笑みを浮かべた。

「それとも、また消えるか？　それも悪くないぞ。人の事は、人がどうにかするものだ」

たとえ見捨てる事になっても、それもまた己達の理《ことわり》であった。

滝は返答をせず、百木屋へ向かう道へと足を向ける。すると。

驚いた事に道の先に、見た顔の男が立っていたのだ。

「辰二郎？」

男はすぐに逃げたが、お高が何をやったか、皆は知ることになった。せっかくの隠れ家を知られてしまっては、後は決着をつける為、腹を括るしかない。

「やってくれる」

滝は小声で言うと、お高を睨んだ。

6

事は一気に動いた。

二日後の事、銀座煉瓦街裏手、くの字型の家へ買い物から帰った花乃は、新たな仏間で目を見張った。知らない者が三人、自分の家の中で倒れていたのだ。

「えっ？　な……何で？」

目の前の三人は誰なのだろう。戸締まりはしっかりしていた。鍵など、船来の立派なものを付けていた。そもそもこの家を借りたのは、ほんの三日前の事だ。なのに何故、またこんなとんでもない事が、起きるのだろうか。

「何があったんだろう……」

頭の中が白くなって、考えがまとまらない。花乃は縋《すが》るようにお高の名を呼んでみたが、返答はなかった。

すると。廊下から、思いも掛けない声が聞こえてきたのだ。機嫌の良い顔で現れてきたのは、いつぞや花乃の風呂敷を引ったくった、辰二郎という男であった。

「お高さんはいないよう。いや、さっきまでは家にいて、おれを入れてくれたんだが」

しかしお高は、辰二郎が、今部屋で倒れている三人を連れていたのが気にくわなかったらしい。妙な事に巻き込まれたくないからと、さっさと外へ出てしまったというのだ。

「お、お高さん、いないんですか……」

つまり今この家の中には、花乃と辰二郎と、倒れている三人しかいないことになる。

「もっともこの三人は、息をしちゃいないがね」

「えっ……」

何でと言いたかったが、花乃は声が出なかった。それでもこの時、倒れている者達が気になり、思わずもう一度三人へ目を向ける。やはり、何となく見覚えがあった。

「私に、自分達は遠縁だって言ってた人達だ」

　家族がいない花乃は、自称親戚達が怖かった。その三人が、突然家で亡くなっていた訳だ。ここで辰二郎が、口元をぐぐっと歪めた。

「自称親戚か。まあ、確かに血も繋がっちゃいない相手の事など、覚えてないわな。あんたはもう再婚して、昔の亭主とは切れてるし」

　しかし、全く覚えられていないのも寂しいもんだと、辰二郎は口にする。

「は……？」

「まあ、一緒に暮らした事があるわけじゃないが、あんたとおれは、縁があったんだぞ。一時じゃあるがな」

　自分は花乃の二度目の亭主の、末息子なのだと、辰二郎が言いだしたものだから、花乃は呆然《ぼうぜん》としてその顔を見返す。義理の息子といっても、そもそも辰二郎の方が年上で、親の再婚時は、とうに父親からは独立していた故、一度親戚と一緒に挨拶をしたきりであった。花乃はその後、早々に寡婦となって実家へ戻ったのだ。

「こっちは御維新後、商いに失敗した。見てくれの通り貧乏神にとっ捕まって、尾羽打ち枯らしてんのさ」

　倒れている三人の方は、最初の亭主の縁者だと、辰二郎は親切そうに説明してくる。こちらは遠い親戚筋の者で、名を言われても花乃は思い出す事も出来なかった。

「こいつらも、不遇な毎日を過ごしててね」

そんな中、あるとき突然、希望の元が神田に現れた。父親の後妻であった花乃が三人目の夫を失い、一人で実家へ帰ってきたのだ。聞けば昔よりも、金持ちになっているのだという。

「見栄を張っている余裕はねえ。さっそく援助を貰おうと、神田へ行ったよ。だが、会うことも出来なかった」

何しろ似た考えの者が数多《あまた》いたようで、縁の薄い者が大勢押しかけたものだから、花乃は怖がって表へ出てこなかったのだ。ではと、外出の時を狙ってみると、これまた怯えて逃げられる。

花乃と縁のない者達は、最初から引ったくりや空き巣となって、なにがしかのものを素封家《そほうか》の女から巻き上げようとしていたから、相手が怖がる理由は分かった。

花乃は日々怯え、血も繋がらない親戚縁者などには、全く目を向けなかった。いやそれどころか、縁もゆかりもない男を捜しているらしいと、じきに噂が聞こえてくる。花乃には血縁がいないので、何とその男に、夢のような額の財産が受け継がれるというのだ。

「その時、おれには分かったんだ」

このまま亡き親の縁に縋ったとて、どうせ大した金は手に入らないと。それは他の縁者達も同じ考えだったようで、ほとんどの者達は諦め、花乃から遠ざかっていった。

だが、しかし。ここで辰二郎がまた一歩、花乃へ近寄った。花乃は廊下へ出て、庭へ逃げられないか、目をさまよわせる。しかし庭は板塀を越えられそうもなく、勝手口へ行こうとすれば、間違いなく追われて捕まるだろう。

「おれには分かってたんだよ。わざわざ昔の男を捜してるってことは、あんたには本当に、身内がいないんだって」

ならば一時とはいえ、義理の息子であった辰二郎が、花乃の財産全てを頂いたとて、不思議などなかろう。

「どうせあんたには、親も子もいないんだから」

素晴らしい考えだと言いつつ、辰二郎がまた一歩花乃へ近寄った。花乃は後ろへ下がりながら、倒れている三人へ目を向ける。

「こいつらも、身代そっくり頂きたいって言ってた奴らさ。もっとも、あんたとの関係はぐっと薄い。最初の亭主の従兄弟《いとこ》の子とかで、なんで出てきたのやら」

この三人は、今作られているという、民法なるものに頼っていたのだと辰二郎が言う。花乃はまだ生きており、そんな内容のものを書いた事はないと言えるにも拘らず、三人は既に勝手な遺言状を作り、それを辰二郎へ見せたのだ。

「なんと、その偽遺言で、おれを追い払えると思ったらしいのさ」

話しつつ辰二郎がじりじりと、花乃との間合いを詰めてきている。ここで花乃は思い切って、これからどうするつもりなのか、辰二郎へ尋ねてみた。三人もの人が、身動《みじろ》ぎ一つしなくなっている。

「その人達を殺したんなら……あなた、巡査に追われる身になるわよ」

原田も滝も、この煉瓦街で人殺しがあったと知れば、犯人を逃がすことなどすまい。二人は腕の良い警官なのだ。

すると。ここで辰二郎はにたりと、とても嫌な笑いを口に浮かべた。

「そりゃ、人殺しは捕まるのさ。ただしそりゃ、おれじゃない」

誰かって？　と、面白がっているような声がした。そりゃあと、辰二郎が花乃を見てくる。

「花乃さん、あんたにその役目、引き受けてもらうからな」

何故って花乃には、この三人を殺《あや》めてしまう理由があると、辰二郎は言いだした。三人は花乃の財産欲しさに、勝手に遺言状を作るという、無茶をしている。今日も転居先へ押しかけてきた。もし花乃と顔を合わせていたら、揉《も》めたに違い無いのだ。

「三対一で騒ぎになって、怖くなったあんたは刃物を持ちだした。でも金に目がくらんだ三人は……そうだな、なんとしても遺言状が本物だと、一筆書けと迫ったのかな」

ああ、良い筋書だと辰二郎が言いだした。これなら花乃と三人がもみ合いになり、その時手元が狂って、花乃が皆を殺してしまったと言っても、皆信じるだろう。その後花乃が酷く後悔し、自殺してしまったという筋書きは、世間が納得するものだ。

花乃が、唇を噛む。

「辰二郎さんは、これからあたしも殺す気なのね」

「あんたが人殺しを引き受けてくれなきゃ、おれが捕まっちまうからね」

誰かが罪人にならなくては、いけないのだ。自分は、人を殺すのは構わないが、人殺しと呼ばれるのはご免だと辰二郎が言い、またにたりと笑う。

「そしてあんたの財産を、そっくり貰う。おれは金持ちになるんだ」

花乃は何とか逃げられないものかと、また下がった。しかしそろそろ、辰二郎は話を終えようとしている。既に血が付いている刃物を、胸元に構えてきたのだ。

「死んだ三人を見習って、おれも遺言とやらを勝手に書く事にする。そうすりゃ存外簡単に、あんたのものを全部頂けるだろうさ」

きっとそうしてみせると、辰二郎が己へ言い聞かせるかのように言った。その目が白く光っている。声は低く沈んで、花乃が声をかけても、もう答えて来なかった。

(飛びかかってくる、直ぐだ)

あの刃物で刺される。じきに一生が終わると分かった。逃げられない。誰もおらず助けてもくれない。怖い、怖い、怖い。

（駄目だ……）

辰二郎の体が、前のめりに動いた。信じられないものを見たのだ。

そして。

花乃は目を、大きく見開いた。そして。

「えっ……」

それしか言葉は出てこない。だが、とにかく花乃は刺されてはいなかった。

飛びかかろうとした辰二郎の体は、突然途中で止まっていたのだ。その身を、何と辰二郎自身の影の内から現れてきた腕が摑み、抱き留め、その場へ止めていた。大きくよろめいた辰二郎の手から、刃物が落ちる。

「……」

眼前で見ていても、花乃には何が起こったのか分からなかった。

「えっ……？」

するとその内、影の内から湧き出てきたかのように、人の姿が現れてくる。その人が滝だと分かり、花乃は総身を震わせた。

摑まれて動けない辰二郎がわめく。

「こいつっ、昔のまんま歳を食ってねえと思ったら、やっぱり化け物だったか」

影の内から湧いて出るなど、薄気味悪い生き物だと言いつつ、辰二郎がもがく。わめく。滝を睨みつけた。

「おれぁ、人の顔は見たら忘れねえのさ」

だから、親が後妻にした女の事もよく覚えている。その女には、好いた男がいたのだ。

「滝っていった。一度会ってる。この巡査の滝と、似てるなんてもんじゃなかった。同じ奴だった。そのまんま歳も食ってねえ」

誰も気がつかないのを良いことに、この東京で生きている奇妙な者だと、辰二郎が続ける。

（えっ？）

花乃は驚きで、体が動かなくなっていた。

（じゃあ……じゃあやっぱり滝さんが、あたしの大切な滝さんだったんだ。あたしはあの人に、巡り会ってたんだ……）

驚きと衝撃が頭の中をかき回し、声が出てこない。辰二郎は必死に、滝をふりほどきにかかっていた。

「正体をばらされたくなきゃ、花乃から離れて消えろと言ったのに。性懲《しょうこ》りもなく湧いて出やがった」

消えろ、化け物っと叫んだ辰二郎を、手妻《てづま》のように現れた手棒で、滝が打ち据える。

滝は素早く辰二郎の両の手を縛り上げると、薄く笑った。

「言いたきゃ、私の事は何とでも周りに言ったらいいさ。人殺しの奇妙な話など、皆が信じるかな？」

辰二郎は三人も殺しているのだ。花乃の事も、何度も襲っている。財産を奪おうとした。辰二郎は間違いなく、死罪に違い無い。

「要らぬ事を言う者は、直ぐに消えてくれるだろうよ」

「化けものがっ、ふざけんな」

手を縛られたまま、辰二郎がそれでも足を蹴り、必死の抵抗を試みた。何とその蹴りを花乃へ向けたので、滝が庇ってくれた途端、その手が離れる。辰二郎は庭へ飛び降りて遁走した。

（あ、逃げられてしまう）

花乃がその背へ目を向けた時、また急に、辰二郎の足が止まった。見れば、足下の影の内からまたも手が伸び、その足首を摑んでいたのだ。

「ひっ」

短い声と共に、辰二郎が頭から転げた。両の手が縛られていたものだから、己の身を庇えなかった。思い切り倒れた先に大きな庭石があり、一瞬鈍い音が聞こえてきた。

「あっ……」

横たわった辰二郎の頭の下に、赤い血がにじみ出ていた。それきり辰二郎は動かなくなったのだ。

すると、気がつけばいつの間にか、お高が倒れた辰二郎の側に現れ、見下ろしているではないか。花乃を見捨てて逃げたかのように辰二郎は言っていたが、どうやら、花乃の近くにいたらしい。

（お高さんが滝さんへ……辰二郎が現れた事を知らせてくれたのだろうか）

つまりお高も……仲の良い原田達も、滝と同じ立場の者であるのかもしれない。

「ああ」

自称親類達は、辰二郎が殺めてしまった。その辰二郎は今、目の前で亡くなった。多分今日で、花乃を悩ませていた怖い日々は、終わるのだろうと分かった。

何人もの死体が目の前にあり、冷たい震えが足の下から立ち上ってきそうだ。しかしそれでも、もう殺されずに済むという安堵《あんど》も、確かに花乃の中に芽生えていたのだ。

自分は死ななかった。明日からも生きてゆくのだ。

そして。

そして。

（滝さんは……）

横を見れば、昨日までと変わらない滝の姿がそこにあった。花乃を見捨てて消えてしまえば、その本性を知られずに済んだのに違い無い。しかし、滝は来てくれたのだ。

その時花乃は、必死の思いで滝の腕を摑んでいた。

「もう、どこにも行かないで下さい」

頼んだ。死にものぐるいの思いを込め、泣きついた。

「滝さんは三度、あたしを離しました。二度と、行かないで下さい」

自分ばかりが歳を食って、もう恋を語る相手になれないのは、分かっている。だけど。

「消えてしまわないで」

本性の事など、誰にも何も言わない。もしこの約束を違《たが》えたならば、花乃を殺してもいい。ただ消えないで欲しい。花乃が時々姿を見る事が出来るところで、暮らしていて欲しいのだ。

花乃が死ぬまで。

「滝さんは老いないのよね。だからきっと、あっという間だろうから。お願いです」

引き替えに差し出せるものといったら、財産しかないが、もうすぐ出来るという民法とやらを頼って、ちゃんと滝へ残す。だから。

「この煉瓦街にいて下さい」

滝の眼差しが花乃の目を捕らえた。

するとその時、今までどこにいたのか、原田が現れてきて、倒れている者達をあらため始めた。驚いた事に赤手や百賢までも、当たり前のように顔を見せてきたのだ。

お高が亡くなった者達へ目を向け、淡々と言う。

「あのねえ、空き巣が仲間割れをして、刃物を使ったの。辰二郎という人は、それをあたしに見られて逃げようとしたら、転んで頭を打った。それでいいわよね」

「ああ」と原田が返事をし、今回の件はそういう始末になるのかと、花乃は得心した。

ここでお高が、不意に滝へと目を向ける。

「それで滝さん、この先どうするの？」

お高の声が、何故だか冬の木枯らしのように冷たい。しかし花乃は、何故だかいつもの面々が、辰二郎より恐ろしいとは、とても思えなかった。辰二郎達のことは戸の表に現れただけで、家におられない程に怖かったのに、この差は何だというのだろうか。

（人ではないと、知ったのに）

滝の正体が何なのか、未だに分からない。しかし、それでも……。

ここで滝がすっと、原田やお高へ目をやった。それから花乃へ顔を向けると、当たり前の事のように、静かに告げたのだ。

「花乃さんのことは、以前と変わらずに好いているよ。嘘じゃない。年老いて墓に入るその時まで、いや、骨と灰まで愛おしんであげる。私はそう、確かに約束した」

だから滝はこの煉瓦街から離れず、花乃の側に住んでいようという。花乃と共に時を重ねてくれるという。

（あたしが死ぬ、その日まで）

わずかに感じていた恐ろしさは、死の覚悟と共に、花乃の腹の底へ沈んだ。代わって滝の言葉だけが花乃を満たし、二十年を越す日々を埋めてゆく。やがて目から涙があふれ出て、何も見えなくなっていった。

解説

杉江松恋

中心にあるのは一つの情景だ。

いまだ旧時代の遺風色濃い東京に、別世界のように欧化された一画がある。銀座四丁目の煉瓦街だ。その中になぜか必要以上におんぼろな木造の小屋があった。巡査派出所である。そこに勤務する原田と滝の二人は、容赦なく悪を罰する厳正な守護者として住人たちから頼りにされていた。彼らの周囲ではなぜか、明治の御代では根絶されたはずの妖《あやかし》の復活を匂わせる不思議な事件が相次ぐ。町を守る者として、二人は立ち向かうのである。

畠中恵『明治・妖モダン』は、一八八七（明治二十）年の東京を舞台とする時代連作であり、単行本版は二〇一三年九月六日付で朝日新聞出版から刊行された。

第一話「煉瓦街の雨」（「みなも」改題。初出：「小説トリッパー」二〇一一年春季号）はおんぼろ派出所の場面から物語の幕が上がる一篇だ。雨宿りにやってきた小悪党・〝騙しの伊勢〟とかっぱらいで捕まった長太を前に、原田巡査が不思議を物語る。銀座四丁目の交差点からほど近い場所に、百木屋という牛鍋の店がある。そこには原田たちの他、煙草商の赤手、三味線師匠のお高といった面々が集っていつも賑やかにしている。だが、ある日から下谷という成金の男が顔を出すようになった。彼は百木屋の主である百木賢一の妹・みなもに懸想をしていて、強引な態度のために周囲から嫌がられている。その下谷がみなもに高価なブローチを押しつけたことから、不穏な事態が起きるのである。

泥棒一味の暗躍とある人物の失踪事件が進行するのと並んで、妖怪・鎌鼬《かまいたち》の存在が語られる。両者がどのように結びつくのだろうか、と予想しながらページを繰っていた読者は、結末を読んで意外に思われるはずだ。狭義のミステリーのように、すべてが論理的に決着するような終わり方をしないからである。続く第二話「赤手の拾い子」（初出：同二〇一一年秋季号）は、百木屋常連の赤手が幼い迷子を押しつけられることから始まる話だ。ここまで読めば作者の狙いははっきりする。『明治・妖モダン』は、ミステリーの謎解き趣味、あるいは捕物小説的な勧善懲悪を目的とした連作ではないのである。本篇でもある不思議が起きる。それに対して赤手や原田は、徹底した解決策を取ろうとはしない。白黒をつけず、灰色の状態に保つことを選ぶのだ。

第三話「妖新聞」（初出：同二〇一二年春季号）は、江戸橋近くで五人の変死体が発見されるという煽情的な事件を扱う。その奇怪な死に様から、世の人は妖の仕業と噂くのである。第四話「覚り覚られ」（初出：同二〇一二年秋季号）では逆に、妖を利用しようとする者が現れる。人は自分たちと違う存在の仕方をする者を見ると、忌避し、あるいは利用しようとする。その身勝手さが浮き彫りにされるのである。書き下ろし作品の第五話「花乃が死ぬまで」は、原田の相棒である滝が主役の一篇である。それまでちらつかされていた謎に、ここで一旦、解答が示される。なるほど、本書で言う妖とはそうした存在であったか。

駆け足で全体を俯瞰した。未読の方の興を削がないようにぼかして記したが、これは単純明朗な物語ではなく、常に薄曇りの部分を伴う小説である。各話に目を通した方は、怪談に近い読み心地を感じるのではないだろうか。幽明の境が判然としないように、本書の記述の一部は夢の中で見聞きしたことのように曖昧な書き方がされている。妖を扱った小説だからだ。妖とは人の心の闇を反映した現象であり、そのありようは時代と共に移り変わる。本書においてしばしば江戸と明治の心性の違いが強調されるのは、妖にとってはそれが重大な問題であるからだ。

社会構造の変革と民衆の生活とがぴったりと重なり合うことはない。常に後者は前者よりも遅れるもので、近現代の日本を見てみればそれがよくわかる。第二次世界大戦後、日本の政治体制は占領軍による民主主義教化で補正されたが、その中で暮らす人々とその意識が急にすげ替えられたわけではない。明治・大正のころの気風がいまだ色濃く残存していたのである。東京の場合は、一九六四年の東京オリンピックというイベントを境としてそれが大きく変わった。江戸・明治の遺構が取り壊されて都市が欧米化していく中で、生活様式がそれと同調し、過去を振り返らない世代が登場し始めたのである。かつての五街道の起点として近世と近代からの連続を明示していた日本橋の上に高速道路が築かれたのは最も象徴的な出来事で、前時代のものには蓋がされていった。

江戸から明治への移行時にも同様のことがあったであろうことは想像に難くない。為政者は街を改造し、民衆の意識そのものを変化させようとした。本書の舞台となる銀座煉瓦街は、きっかけこそ一八七二（明治五）年の大火だが、近代建築物の並ぶ街区を出現させることによって住民の意識を更新する意図をもって築造された。本書には登場しないが、すでに一八八三（明治十六）年には鹿鳴館も落成している。諸国に向けて日本政府が、近代化がつつがなく進行しているとのアピールを行った鹿鳴館の喧騒が物語の背後に存在するのである。その騒がしさ、煌《きら》びやかさによって前時代のくすんだ風景は一掃されたかに見えた。しかし民衆の心の奥底に水脈を持つものがそう簡単に消え去るはずがない。隠れ、姿を変えてそれらは命脈を保ち続けたのである。

『明治・妖モダン』は、そうした形で人の世に隠れた昏《くら》いもの、したたかに命を保った精神を描いた小説だ。深い井戸の底を想像してもらいたい。普段は闇に包まれ、物の形を判別することさえ難しい。そこにたまさか光が射し込み、本来は見えるはずがないものの姿を浮かび上がらせるのである。その刹那に放たれる燐火が読者の心を刺し貫く。

作者の畠中恵は第十三回日本ファンタジーノベル大賞優秀賞を受賞した『しゃばけ』（二〇〇一年。新潮社→新潮文庫）で小説家デビューを果たした。同書に始まるシリーズは現在も続く人気作であり、大店の若旦那・一太郎と彼を慕って集う妖たちの活躍を描いた〈非日常と日常とが同居する世界〉＝エヴリディ・マジックの幻想小説である。他に時代小説連作〈まんまこと〉シリーズ（二〇〇七年〜。文藝春秋）もあり、現代ものの著作はあるものの、畠中はほぼ時代小説作家と呼んでいい存在である。

江戸ではなく明治の時代を舞台とした他の畠中作品、『アイスクリン強し』（二〇〇八年。講談社→講談社文庫）などの文明開化期を題材とした明治もの諸作と『明治・妖モダン』の違いは、前述したような時代の残留思念を描いていることだ。『しゃばけ』の若旦那は当たり前のように妖たちと同居できたが、本書の登場人物たちはそういうわけにいかない。近代は人の心の中に妖が在ることを許さない時代なのだ。明るさを追い求める世界において肩身狭く生きざるをえない者たちを登場させることにより、他の作品にはない陰翳が本書には生まれた。牛鍋百木屋の常連たちは他の畠中作品の登場人物たちのように賑やかな日々を送っている。そうした明るい部分と、時折見せる彼らの暗さとの対照が読者に際立った印象を与えるはずだ。

本書には続篇が存在する。「週刊朝日」二〇一四年五月二十三日号から同年十二月二十六日号に連載された『明治・金色《こんじき》キタン』（二〇一五年。朝日新聞出版）がそれで、廃仏毀釈運動によって壊された寺と仏像の因縁に端を発する六つの奇譚が語られる連作形式の長篇だ。本書ではどちらかといえば狂言廻しに徹して物語の背後に退いていた巡査たち、原田と滝が第二作では主役を務める。その意味ではコンビものの探偵小説に近い味があり、原田たちのオフビートな会話も楽しめる。やはりこれも怪談小説であり、作者は『明治・妖モダン』の世界観を継承し、新しい時代の到来によって社会に生じた軋《きし》みの音を絶えず読者に聴かせながら、生き残りの道を探る妖たちを作者は活写していくのである。原田・滝や牛鍋百木屋の面々がその後どうなったか気になる方は、ぜひこちらもご一読いただきたい。そのしたたかな姿を眺めていると、世知辛いご時世でも、もう少しだけ息をしていよう、彼らを見習って前を向いていこうという気持ちになるのだ。生き続けるのは大変だが、仲間と話して笑えないほどには辛くない。どんな場所でも、どんな時代でも。

（すぎえ　まつこい／書評家）

明治《めいじ》・妖《あやかし》モダン

朝日文庫

2017年7月30日　第1刷発行

著　者　畠中《はたけなか》　恵《めぐみ》

発行者　友澤和子

発行所　朝日新聞出版

〒104-8011　東京都中央区築地5-3-2

電話　03-5541-8832（編集）

03-5540-7793（販売）

印刷製本　大日本印刷株式会社

© 2013 Megumi Hatakenaka

Published in Japan by Asahi Shimbun Publications Inc.

定価はカバーに表示してあります

ISBN978-4-02-264838-9

落丁・乱丁の場合は弊社業務部（電話03-5540-7800）へご連絡ください。
送料弊社負担にてお取り替えいたします。

葉室　麟
柚子《ゆず》の花咲く

少年時代の恩師が殺された事実を知った筒井恭平は、真相を突き止めるため命懸けで敵藩に潜入する——。感動の長篇時代小説。《解説・江上　剛》

葉室　麟
この君なくば

伍代藩士の譲と栞は惹かれ合う仲だが、譲は密命を帯びて京へ向かうことに。やがて栞の前に譲に心を寄せる女性が現れて。《解説・東えりか》

葉室　麟
風花帖《かざはなじょう》

小倉藩の印南新六は、生涯をかけて守ると誓った女性・吉乃のため、藩の騒動に身を投じて行く——。感動の傑作時代小説。《解説・今川英子》

木内　昇
ある男

「地方は、中央に隷属しているわけじゃあないのだぜ」。明治政府の中央集権体制に昂然と抗った名もなき男たちの痛切な叫びを描く《解説・苅部　直》

夢枕　獏
天海の秘宝（上）（下）

「宮本武蔵」を名乗る辻斬り、凶悪な盗賊団「不知火」……江戸に渦巻く闇にからくり師と剣豪コンビが挑む、奇想の時代長編！《解説・高橋敏夫》

あさの　あつこ
花宴《はなうたげ》

武家の子女として生きる紀江に訪れた悲劇——。過酷な人生に凜として立ち向かう女性の姿を描き夫婦の意味を問う傑作時代小説。《解説・縄田一男》

朝日文庫

梶 よう子
ことり屋おけい探鳥双紙
消えた夫の帰りを待ちながら小鳥屋を営むおけい。時折店で起こる厄介ごとをときほぐし、しなやかに生きるおけいの姿を描く。《解説・大矢博子》

山本 一力
欅《けやき》しぐれ
深川の老舗大店・桔梗屋太兵衛から後見を託された霊巌寺の猪之吉は、桔梗屋乗っ取り一味に一世一代の大勝負を賭ける！　《解説・川本三郎》

山本 一力
たすけ鍼《ばり》
深川に住む染谷《せんこく》は〝ツボ師〟の異名をとる名鍼灸師。病を癒し、心を救い、人助けや世直しに奔走する日々を描く長篇時代小説。《解説・重金敦之》

山本 一力
早刷り岩次郎
深川で版木彫りと摺りを請け負う釜田屋岩次郎は、速報を重視する瓦版「早刷り」を目指すが……。痛快長編時代小説。《解説・清原康正》

山本 一力
五二屋《ぐにや》傳蔵《でんぞう》
幕末の江戸。鋭い眼力と深い情で客を迎える質屋「伊勢屋」の主・傳蔵と盗賊頭の龍冴、男たちの知略と矜持がぶつかり合う。《解説・西上心太》

宇江佐 真理
憂《う》き世店《よだな》
松前藩士物語
江戸末期、お国替えのため浪人となった元松前藩士一家の裏店での貧しくも温かい暮らしを情感たっぷりに描く時代小説。《解説・長辻象平》

朝日文庫

吉田　修一
平成猿蟹合戦図
歌舞伎町のバーテンダー浜本純平と、世界的チェロ奏者のマネージャー園夕子。別世界に生きる二人が「ひき逃げ事件」をきっかけに知り合って。

堂場　瞬一
暗転
通勤電車が脱線し八〇人以上の死者を出す大惨事が起きた。鉄道会社は何かを隠していると思った老警官とジャーナリストは真相に食らいつく。

堂場　瞬一
内通者
千葉県警捜査二課の結城孝道は、千葉県土木局と建設会社の汚職事件を追う。決定的な情報もつかみ逮捕直前までいくのだが、思わぬ罠が……。

伊坂　幸太郎
ガソリン生活
望月兄弟の前に現れた女優と強面の芸能記者⁉ 次々に謎が降りかかる、仲良し一家の冒険譚！ 愛すべき長編ミステリー。《解説・津村記久子》

小川　洋子
ことり
《芸術選奨文部科学大臣賞受賞作》
人間の言葉は話せないが小鳥のさえずりを理解する兄と、兄の言葉を唯一わかる弟。慎み深い兄弟の一生を描く、著者の会心作。《解説・小野正嗣》

森見　登美彦
聖なる怠け者の冒険
《京都本大賞受賞作》
宵山で賑やかな京都を舞台に、全く動かない主人公・小和田君の果てしなく長い冒険が始まる。著者による文庫版あとがき付き。